柳田國男 著
侯詠馨 譯

# 和日本文豪一起找妖怪

〈上冊〉山神、天狗、鬼婆婆還有獨眼地藏……日本妖怪的神祕傳說

# 目次

## 上冊

作者序
# 再度傳世的話語

◎柳田國男

日本是一個傳說多得驚人的國度。以前，不管在哪個地方，總會有五個人或十個人，清楚記得這些傳說，訴說與傳頌。然而，近來多了許多必須思考的新資訊，於是喜歡聽這些傳說的人愈來愈少，回憶的機會也逐漸少了，於是人們遺忘了，或是混淆了。這樣下去實在太可惜了，所以我打算先以熱愛閱讀的年輕人為目標，寫下這本書。有好幾個人來跟我說，讀完這本書才知道，原來傳說是這樣的，經由這種方式，從古早傳承至今。

有人建議我，日本傳說的數量非常多，不妨寫一些晚期或是更晚期的故事吧，可是我辦不到。光是將大量同類型的傳說擺在一起，不僅無法完成一本有趣的書籍，萬一有人問我這麼做的用意是什麼，我心底也還沒有答案。同一個傳說在日本各地到處流傳，大家都覺得這是曾經發生在自己故鄉的事實，真是不可思議又有趣，是不是有什麼不為人知的原因呢？坦白說，至今仍然無人知曉。接下來必須再多幾個跟我一樣、想辦法追究原因之人，努力鑽研才行。為了植入對學問的好奇心，必須揭露較為特殊又罕見的話題才行，這些題材並不是很好找。目前我正在整理白米城[1]的故事。不久之後，我打算整理十三塚[2]的傳說，這些故事是否能夠引起年輕讀者熱切的懷疑心態呢？總之，像本書中這種單純、色彩鮮明的故事並不多。

我最近又寫了一本薄薄的書《傳說》（伝説）。這本書主要從理論出發，探討傳說在日本繁盛、成長的過程，若有人曾在年輕之時，讀過這本《日本的傳說》（日本の伝説），依稀記得半數或三分之一的內容，也許能稍微加深您的興趣。如今，我一直在想，若是我第一本書的文筆能稍微平易近人一些，同時再鏗鏘有力一點，也許能讓讀者留下更深刻的印象吧。因此，這次我與朋友討論，同時大量改變陳述方式。一般而言，過去的日本文章使用了太多不常見、難以理解的艱澀字句。無論如何，我們必須以不同的寫法來呈現，諸如傳說之類，長久以來只靠口述傳承的故事，在這方面，我的能力還不夠充足。第一次閱讀本書的讀者，還請您多多包涵。

昭和十五年[3]十一月

譯註1　白米城傳說，相傳某山城遭遇敵軍圍城，阻斷水源，守城者為欺瞞敵軍，以白米佯裝清水，噴灑白米偽裝瀑布，清洗馬匹。最後的結局幾乎都是鳥類來啄食白米，或是反叛者密告，被敵軍識破收場。

譯註2　分布於日本各地的民間傳說，由十三座高土堆構成。一說為戰敗武士之墓，一說為埋藏寶藏之處，另一種說法為十二隻貓力戰巨大老鼠怪，雙雙戰死後埋葬的墓地。

譯註3　一九四〇年。

◎作者簡介

# 柳田國男・やなぎた　くにお

一八七五—一九六二

日本民俗學樹立者。出生於兵庫縣，舊姓松岡。少年時期熟讀詩文，傾心自然主義文學，與國木田獨步、島崎藤村等作家深交。畢業於東京帝國大學政治系，隨後任職於政府農商務省，並擔任早稻田大學農政學客座講師。一九〇八年前往九州山區、岩手縣遠野地區進行田野調查，深受當地民間傳說吸引，開始著手民俗學研究。一九三二年辭去工作後投身民俗學，不僅創立「日本民俗學會」、創辦《民間傳承》雜誌，並於昭和初期確立民俗學為正式研究科目。一九五一年獲頒日本文化勳章。出版有《日本的傳說》、《遠野物語》、《桃太郎的誕生》、《蝸牛考》等代表作。

# 前言

傳說與民間故事，兩者有什麼不同呢？若要回答這個問題，只能說民間故事宛如動物，傳說則猶如植物。民間故事將會流傳到各個地方，不管傳到那裡，都能保持同樣的面貌，傳說則會在一個地方扎根，不斷成長。麻雀與草鵐都生得同一副模樣，每一棵梅樹及山茶的枝幹卻不盡相同，見了就會留下印象。民間故事這隻可愛的小鳥，多半從傳說之森或草叢中離巢，同時將各種香氣宜人的傳說種子及花粉，運送到遠方。深愛自然的人們，對於兩者過去的比例及配方，應該很感興趣，然而，將它們分開來思考，也就是這門學問的起源。

如果各位村裡的廣場或是學校操場，現在已經成了空地，完全不見傳說的花朵，請不要感到悲傷。各種不同的傳說曾經在那裡繁榮發展。既然同處於日本這個島嶼，即使外形稍有不同，仍然只會長出同一種植物。我將採來兩、三種標本，呈現給你們。

使植物茁壯的強大力量，就隱藏在這個國家的土壤、水源以及陽光之中。歷史則像是利用這股力量，加以栽培的農業。當歷史的耕地整備完善時，傳說的山野自然會縮小。再說，日本有一千五百萬戶人家，每戶人家都有三千年歷史，只有極少數的邊陲地帶，遭到歷史開拓。因此，我們必須抱著在春天走入原野，踏進竹林，尋訪樹芽及花草之名的心態，比較散落於各地的傳說。

不過，對於年紀比較小的讀者來說，只要閱讀感興趣的部分就行了。猶如民間故事的小鳥，正好飛到一棵傳說之樹，停泊在樹枝上。為了宣揚各地的傳說，我會盡量寫上當地的地名。同時加入少許說明，以便各位查閱。

昭和四年[1]春天

譯註1　一九二九年。

# 和日本文豪一起找妖怪（上）

# 治咳婆婆

我想祂以前的容貌應該十分安詳吧。如果不是這樣，應該不會特地從地獄來到人間，這麼親切地關心著活在人世的小孩。
如今，三途河的老婆婆依然露出可怕的表情，是孩子們的好朋友。

過去，東京也有許多稀奇的傳說。我們來聊聊跟大家比較有關的故事吧。

位於本所[1]原庭町的證顯寺，寺廟旁的小巷子裡，有一尊莫約兩尺[2]高的老婆婆石像，孩童咳嗽不止時，只要向這名婆婆祈求，就能立刻痊癒。祂戴著大大的石斗笠，蹲著身子，雙手拄著下巴，露出宛如見到鬼怪的恐怖表情，怒視著前方，卻總是圍著桃粉色的圍兜，應該是疾病痊癒的人獻上的供品。孩子們稱祂為治咳婆婆（咳のおば様，Seki no Obasama）。

據說莫約百年之前，江戶[3]各處都有這樣的老婆婆石像。築地二丁目的大名[4]稻葉對馬守的中屋敷[5]，也有一尊有名的治咳婆婆，每當家裡的孩童罹患百日咳等棘手疾病時，父母都會私下拜託守門人，讓他們進入這座宅邸參拜石像。也有人說祂本來只是外型像老婆婆，約兩尺的天然石頭，不知道什麼時候被人雕成石像，而且還跟老爺爺的石像配成一對。據說老婆婆比較柔和，體型比較小，老爺爺比較大，表情猙獰，奇怪的是，兩個人的感情非常差，如果把祂們擺在一起，老爺爺的石像一定會倒在地上，所以將祂們分開，彼此之間隔了一段距離。祈求治咳的人，一定會帶來炒豆子或是香煎小米菓，搭配煎茶[6]，同時祭拜兩尊石像。其中，最常聽聞的拜法是先向老婆婆祈求咳嗽痊癒，接下來再去拜老爺爺。「老爺爺，剛才我已經求那位治好我的咳嗽了，看來老婆婆辦事不牢，還是麻煩您吧。」求完再回家。據說只要這麼做，疾病很快就能痊癒。（《十方庵遊歷雜記》第五篇）

這對火水不容的老爺爺、老婆婆石像，到了明治時代，一時之間下落不明，不知道上哪去了，後來人們才發現，祂們搬到隅田川的東方，牛島的弘福寺。這座寺廟是稻葉家的菩提所[7]，失去築地的宅邸之後，把祂們帶到此處，這時雙方好像已經不再吵架了，兩人融洽地擺在一起。除此之外，人們也忘記治咳婆婆的名號，也不知道是誰起的頭，說祂能醫治腰部以下的疾病，於是參拜者愈來愈多了。又據說最好帶鞋子來當謝禮，於是石像前方供奉著各種不同的草鞋。（《土俗談語》）

本來是供奉食物，請求治癒嘴巴疾病的婆婆，後來人們求祂治療腿疾，並獻上鞋子當謝禮，這是一場十分有趣的誤會。

廣島市有一座空鞘八幡神社，相傳一旁道祖神[8]的祠堂可以醫治兒童的咳嗽，有許多人來祈求，供品全都是馬沓[9]（《碌碌雜話》）。道祖神是馬路神或旅行之神，而且也是非常喜愛兒童的神明。從前，村裡的孩童全都是這位神明的氏子[10]，也有民間故事說這位神明總是騎馬造訪剛產下嬰兒的人家，決定出生嬰兒的運勢。也就是說，這位神明為了親近孩童，所以需要馬沓。各地都有由旅人供奉馬沓或草鞋的神明，如今，祂的名字也改了好幾回，各地的故事都稍有出入。治咳婆婆說不定也是這類道祖神的親戚吧。接下來，我想跟大家一起探究這件事。

除了東京之外，其他縣的各個地方，也有治咳婆婆的石像。例如川越的廣濟寺，也有嘘婆婆（しゃぶきばば或しわぶきばば，Shabuki Baba／Shiwabuki Baba）的石塔，據說有許多人來這裡參拜，求祂治好難治的咳嗽。如今，我們已經不知道哪顆石頭才是本尊了。しわぶき是古文，表示咳嗽之意。（《入間郡誌》。埼玉縣川越市喜多町）

甲州[11]八田村的咳嗽婆婆（しわぶき婆），是重量約二貫[12]的三角形石頭，

這裡的人們會在孩童感冒時，獻給祂乾煎芝麻及茶水。據說祂原本是埋葬客死途中的老嫗的墓碑，要是隨便搬動，可能會遭到報應。（《日本風俗志》中卷。山梨縣中巨摩郡百田村上八田組）

上總[13]俵田村的姥姥神，近來已經發展成子守神社，成了一座小型宮廟。相傳某位尊貴人士的奶媽從京都來到這裡，死於咳嗽之疾，埋葬在此處。因此，當地人只要拿甜酒供奉祂、向祂祈求，請祂治癒咳嗽，據說用這種方式祈求，疾病一定能治好。（《上總國誌稿》。千葉縣君津郡小櫃村俵田字姥神台）

姥姥神又稱為子安大人[14]，原本是喜歡小孩的路邊神明，後來逐漸改變，人們開始以為他們供奉的神明是奶媽，在世時因咳嗽所苦，深知此病之苦，所以即便是孩子的百日咳，只要向祂祈求，一定能得救，因此信眾非常多。

下總[15]的臼井町，距城址不遠處，東南方的田中央，有一座小祠堂，供奉著名為阿辰大人（おたつ樣，Otatsu Sama）的石頭，村人們總是獻上麥粉菓子[16]及茶水，祈求醫治咳嗽之疾。根據臼井町的傳說，阿辰大人以前是年幼的主公——

臼井竹若丸的奶媽。當志津胤氏攻陷臼井城之時，阿辰英勇地協助年少的主君脫逃，自己則躲在這一帶沼澤的蘆葦叢裡。追兵完全沒發現她的存在，正要從沼澤旁經過的時候，不巧她發出咳嗽聲被追兵發現了，於是慘遭殺害。當地的人們認為她心有不甘，所以即使是死去之後，見了咳嗽的孩子，還是忍不住想把他們醫好。麥粉菓子是將炒熟的麥子拍碎製成的粉末，想必各位也很清楚，食用之時經常會引起咳嗽。也許用意是「請您吃下它，想起咳嗽之苦」吧，據說最近還有人供奉乾煎辣椒。同時，供奉茶水的用意，應該是吃麥粉菓子嗆到的時候，配茶水可以止咳。（《利根川圖誌》等。千葉縣印旛郡臼井町臼井）

然而，東京等地的治咳婆婆並沒有類似的來歷，人們卻祈求祂醫治兒童的百日咳，這個傳說也許是後來才形成的。像有一說是築地稻葉家宅邸的治咳爺爺婆婆，以前位在小田原到箱根的半路上，一個叫風祭的地方的路旁，後來被人帶到江戶。一名叫做風外的僧人蓋了草庵，住在那裡，後來離開的時候沒把祂帶走，大概是風外父母的石像吧（《相中襍志》）？不過，正常人不太可能會把父母的石像留下來，我想祂們果然還是兩尊馬路神的石像，像是山頂或橋畔，或是像風祭這樣，道路兩旁被山丘包夾的地方，經常都能看到人們祭祀男女的石頭神像。在日金山頂，從箱根前往熱海的地方，也有兩尊表情猙獰的石像，據說一尊是閻魔大王[17]，另一尊是三途河[18]的婆婆。聽說有些行人把錢用紙包住，放進祂們張得大大的嘴裡。不過倒是沒聽說有人祈求醫治咳嗽之疾。

距今大約四十年之前，在淺草有一個小小的姥姥潭（姥ヶ淵，Ubagahuchi），人們流傳著一個關於家裡放著石頭枕的恐怖民間故事。淺草的觀音菩薩化身為美少年，來到鬼婆婆的家，借宿一晚，不知情的婆婆以石槌敲擊石頭枕，卻誤殺了心愛的獨生女（女兒當晚代替少年睡在石頭枕上），婆婆十分悲傷，懺悔後投湖自盡。相傳人們因此稱婆婆自盡的地方為姥姥潭，據說也有人相信，向這座池子祈求，一定能治好孩童的咳嗽。把酒盛入竹節中，掛在岸邊的樹枝上供奉，很快就會痊癒了，看來姥姥神也是守護兒童的神明。（《江戶名所記》）

凡事一定都有原因，通常人們都在水邊祭拜姥姥神。如同臼井的阿辰大人，因為有許多故事說明了死於水中的女子，魂魄將會留在原地。靜岡市往東不遠處，從東海道松樹林蔭道往北走四、五十間[19]的地方，有一座相當有名的姥姥池。若旅人來到此處的岸邊，大叫：「姥姥沒路用。」池子裡的水就會忽然往上湧翻騰。

「沒路用」也就是「不管用」的意思。關於這一點，也流傳了各種版本的民間故事，當中果然也有與咳嗽有關的故事。據《駿國雜志》記載，從前有一名奶媽，抱著主人家的孩子來到池畔，孩子咳了起來，咳得非常痛苦，奶媽想汲水給孩子喝，於是把他放在地上，但因為孩子太不舒服了，沒想到一不注意，就跌進池子裡淹死了。奶媽覺得自己愧對他的父母，也投水自盡了。後來，祂一聽見「姥姥沒路用」，便覺得十分不甘心，所以若是向祂祈求，也能醫治咳嗽。還有另一個故事，姥姥是金谷富翁這個大戶人家的奶媽，為了保祐年輕主君的咳嗽痊癒，她向這戶人家旁邊的地藏石像祈求，願意用自己的性命換來主人家幼兒的存活，後來，不僅那個孩子的咳嗽治好了，也能拯救罹患同樣疾病的人。一般來說，每次聽到的傳說都會有一些出入，總之，這座池子旁供奉著治咳的姥姥神，在某些時代裡，祂似乎成了地藏石像。不管是地藏石像還是馬路神，都是非常喜愛孩童的神明。（《安倍郡誌》。靜岡縣清水市入江町元追分）

假設姥姥神跟子安大人是同一個神明，是位一直在保祐兒童安全的神明，為什麼後來會演變成專醫治咳嗽之疾？中間是不是有什麼誤會？曾經有人探討過這件事。上總國南端，有一座叫做關（せき，Seki音同咳嗽）的村子，以前，這裡曾經有兩顆高約五尺，周長約二十八尺，呈八角形，上面有洞的石頭。很久以前，這座村子設了關口[20]大門，這石頭就成了大門基座，當地人稱為關的おば（Oba，音同老婆婆）石。有人認為おば石應寫成御場石，不過大部人的人都認為應該寫成姥姥石，近年來，由於道路拓寬的緣故，撤除了其中一顆石頭，後來，村裡就災禍不斷，於是找了替代的石頭，立在南方的山上，於是人們稱它為姥姥神，開始祭拜祂，但也有不少人把留在原處的另一顆石頭當成姥姥石。據說祂跟其他地方的神靈石頭一樣，只是這一百年間，重量又多了一倍。（《上總町村誌》。千葉縣君津郡關村關）

早在一百年多前，一位名叫行智法印的江戶學者便提出一個說法，他認為治咳婆婆其實就是關的姥姥神，因為せき的關係，人們才會開始祈求治咳（《甲子夜話》六十三），不過他不曉得上總關村的おば石之事，關的姥姥神也不只存在於上總及安房[21]的交界處。最有名的就是從京都前往近江[22]的逢阪關口，有一個名為百歲堂的姥姥神。後來稱為關寺小町。據說小野小町[23]年老後住在此地，現在的木像是一位拿著短箋及毛筆的老太太，以前則是表情更猙獰的石像，也許更早之前只是一顆平凡的天然石頭吧！行智法印等人認為せき也有堵塞之意，道祖神甚至也有同樣的意思。總之，關東地方的道祖神通常都會把石頭雕刻成男人與女人的模樣，姥姥石也會跟爺爺石兩兩成對，原本可能有更多石頭，不過人們只重視老婆婆，於是兩顆石頭的感情就愈來愈差了。

也許另一個原因是隨著閻羅王的信仰盛行，各地的寺廟也開始祭祀起三途河老婆婆的木像。寺廟稱這名表情猙獰的老婆婆為奪衣婆，祂會在前往地獄途中的三途河畔關口等候，等著剝掉在世間為非作歹的惡徒亡靈的衣服，這是祂最有名的故事。在《佛說地藏菩薩發心因緣十王經》（仏説地藏菩薩発心因縁十王経）這本日本編纂的經書裡，詳細記載這個故事，看了這個故事後，可以得知奪衣婆絕對不是寡婦，祂的另一半是名為懸衣翁的老爺爺。

「鬼婆為懲罰偷盜，折斷雙手指頭，鬼翁厭惡無義，將頭腳綑成一處。」看來兩人應該是夫妻吧，不過人們多半只雕塑老婆婆的木像。此事也有深層的意義，但各位大概會覺得無趣吧。總之，自從祭拜奪衣婆之後，姥姥神多半形單影隻，表情也愈來愈猙獰了。

自從江戶人開始獻炒豆子給關的婆婆後，市內的寺廟便多出好幾十尊老婆婆的木像，直到今日，每逢中元還是有人前往參拜。後來，流行病盛行的時候，開始傳出有人看見表情猙獰的老婆婆爬進家裡的故事，相似的故事也愈傳愈多。有個老婆婆叫甘酒婆，爬進來便問有沒有甜酒，人們通常認為祂是瘟神。這時，家裡有可愛孩子的父母會連忙去祭拜某處的老婆婆神。而江戶的關婆婆之所以開始傳出這樣的故事，我認為那一年肯定是重感冒流行的年度。

儘管如此，對於留下治咳婆婆這類古早之前傳下來的名稱，或是為什麼有人會去這種老婆婆石像面前，祈求兒童的疾病，現在已經沒有人知道原因了。三途河老婆婆的三途河，一樣跟「關」有關係。在偽造的《十王經》裡，三途河寫成葬頭河（そうずか，Sozuka），但そうずか在日文指交界，過去的佛教並沒有這樣的地名，後來不知道是誰給它套上困難的漢字。富士山及其他靈山的登山口，或是前往大型神社參拜的路上，通常都有這樣的地方。最常見的就是寫成精進川（しょうじがわ，Syoujigawa），實際上是因為那裡有流動的清水，參拜者會用這裡的水淨身，不過這是不是它原本的意義呢？我們至今仍然無法確定。似乎只是因為這裡是神明領域的交界，或是膜拜守護交界的神明，所以更需要謹言慎行。我們認為關的姥姥神與陪同的老爺爺神，大概都是在此處供人祭祀的石頭神。後來被佛教人士引用，成了前往地獄途中，三瀨川[24]的鬼婆婆。因為這個緣故，日本各地的そうずか（交界），多半供奉著奪衣婆的神像。

位於日本本土最北方的，是奧州[25]之外，南方正津川村的姥姥堂，我曾經前往造訪。東海道則有尾張[26]熱田町的姥姥堂，自古就十分聞名。這座姥姥堂位於熱田神宮搭在精進川上的御姥子橋、又名裁斷橋（サンダガ橋）邊，原本安放著一座一丈六尺[27]高的奪衣婆木像，甚至有人說熱田神宮就是真正的閻羅殿，令人敬畏不已（《紹巴富士見道記》），不過大多數的人都已經忘記姥姥神原本的模樣了。《十王經》是編造的經書，根據此書繪製地獄圖的人，後來到全國旅行，再加上姥姥神是婦女，很快地，各地的御姥子大人都成了「地獄他」的恐怖奪衣婆。我想祂以前的容貌應該十分安詳吧，如果不是這樣，應該不會特地從地獄來到人間，這麼親切地關心著活在人世的小孩。

如今，三途河的老婆婆依然露出可怕的表情，也是孩子們的好朋友。中元節後的十六日，童工放假時還會來找祂玩。除此之外，祂對更小的孩童也非常和善，只要來求祂，就不用擔心沒有奶水，雖然看起來很像撈過界了，不過這反而是姥姥神以前的任務。

羽後[28]金澤專光寺的婆婆大人，寺廟稱祂為三途河的姥姥，據說奶水不足的母親只要向祂祈求，一定會分泌大量的母乳。從前，創立專光寺的蓮開上人曾經夢見一名女子，祂告訴上人：「我在小野寺別當林的洞穴裡，那裡放著我與大日如來的雕像。快把我接來，供奉我吧。」上人立刻前往察看，果真如祂所言，有兩尊神像，於是將祂們請過來。雄勝小野寺是知名的芍藥景點，也是供奉小野小町的寺廟，從那裡迎來的木像，我想即使不如小町那般美若天仙，也不至於長得像鬼吧。（《秋田縣案內》。秋田縣仙北群金澤町荒町）

莊內大泉村天王寺的三途河姥姥也一樣，據說奶水不足的婦女來向祂祈求，奶水就會增加，並有許多信眾。這裡的木像年代也非常久遠，也許名字是後人改的吧。（《三郡雜記》。山形縣西田川郡大泉村下清水）

遠州[29]見付大地藏堂裡的奪衣婆神像，年代比較新，這裡也有許多人來祈求孩子平安長大，並獻上兒童的草鞋當成謝禮。第一次來祈願的人會借一雙草鞋回家，下次來答謝的時候，則會獻上兩雙鞋，據說地藏堂裡永遠都堆滿兒童的草鞋。（《見付次第》。靜岡縣磐田郡見付町）

還有上州[30]的高崎市，有一顆名為大師石的靈石，附近還有據傳為弘法大師[31]塑造的老婆婆石像，稱為三途河婆婆石。咳嗽之人向祂祈禱，若得到應允，可以拿麥粉菓子來祭拜祂。（《高崎志》。群馬縣高崎市赤坂町）

越後[32]的長岡有座長福寺，這裡有古老的十王堂，祭祀閻羅王，供奉香米粉[33]，向祂祈求咳嗽之疾，就會立刻痊癒，據說是無人不知，無人不曉的治咳十王。獻香米粉給閻羅王是罕見的做法，說不定原本跟見付地藏堂的草鞋一樣，都是配合同在一處的姥姥神。有人認為閻羅王與地藏，是同一位神明的兩種面向，如果這個說法為真，地藏也是照顧孩童的神明，不需要大費周章地向表情猙獰的老婆婆祈求吧？但因為從前的人認為老婆婆才是我們的子安神，而且總是放在祠堂角落，在參拜者容易看到的地方，所以孩童或母親有事相求的話，找這位婆婆還是比較方便。實際上，人類也是一樣，直到最近，會去參加地藏或閻羅王祭典的，清一色都是婦女。也許這就是當祂們成了子安姥姥神、三途河的婆婆，依然受到眾人膜拜的原因之一了。

譯註1 位於東京都墨田區。

譯註2 一尺約三十公分。

譯註3 東京的舊名，明治維新時改名東京。

譯註4 掌控當地的諸侯。

譯註5 江戶大名的藩邸分為上屋敷、中屋敷及下屋敷，大名及家人平時居住於上屋敷。中屋敷多為備用住處，或是供家臣赴江戶服勤時居住。

譯註6 中級茶葉，日常飲用的代表茶種。

譯註7 為安置、供奉歷代祖宗牌位而建立的寺廟。

譯註8 位於村落交界、山頂或十字路口的神明，防止邪靈入侵，保護居民。

譯註9 以稻草編製，用來保護馬蹄的護具，作用類似馬蹄鐵。

譯註10 住在氏神周邊，信奉同一神明的人。

譯註11 日本古代的行政區，位於今山梨縣。

譯註12 一貫約三．七五公斤。

譯註13 日本古代的行政區，位於今千葉縣中部。

譯註14 保祐孕婦平安生產的神明。

譯註15 日本古代的行政區，位於今千葉縣北部、茨城縣西南部、埼玉縣東部、東京東部。

譯註16 將裸麥炒熟後碾成粉狀，可以直接食用，也可以加入牛奶或熱水食用。

譯註17 閻羅王。

譯註18 生死兩界的交界處。

譯註19 一間約一．八公尺。

譯註20 設於交通要衝的檢查站。

譯註21 日本古代的行政區，位於今千葉縣南部。

譯註22 日本古代的行政區，位於今滋賀縣。

譯註23 生卒年不詳。平安時代前期的女性歌人，六歌仙之一，相傳為絕世美女。

譯註24 同葬頭河。

譯註25 日本古代的行政區，位於今福島縣、宮城縣、岩手縣、青森縣及秋田縣東北部。

譯註26 日本古代的行政區，位於今愛知縣西部。

譯註27 一丈約十尺，一尺約三十公分，故約四百八十公分。

譯註28 日本古代的行政區，位於今秋田縣一帶。

譯註29 日本古代的行政區，位於今靜岡縣西部。

譯註30 日本古代的行政區，位於今郡馬縣。

譯註31 空海，七七四－八三五。平安初期的僧侶，曾為遣唐使，赴中國學習佛法。

譯註32 日本古代的行政區，位於今新潟縣。

譯註33 將白米炒熟後碾成粉狀。

# 驚嚇湧泉

本縣東方的海灣裡，還有一座名為姬島的島嶼，島上有一口名為拍子水的泉水，只要拍手就會呼應聲響，噴發泉水，列入姬島七大不可思議現象之一。這座島嶼的神明是赤水明神，祂是一名女神。

奶媽害主人的寶貝兒子跌落水中，自己也因為歉疚，投水自盡的故事，除了駿河的姥姥池，各地都有類似的故事。如果只有這一件，我們可能會懷疑是否真有其事，但如果還有其他更多與此類似的不可思議故事，就表示也許它來自同一個傳說。

越後蓮華寺村，有一口叫做阿嬸井（姨ヶ井，Obagai）的古井，也是其中之一，這裡也有類似的故事。靠近井邊，大聲呼喊阿嬸，井底就會不斷冒泡泡，彷彿在回應喊叫聲。若有人懷疑此事，故意叫「大哥」或「小妹」，則完全沒有反應，也不會冒泡泡。（《溫故之栞》十四。新潟縣三島郡大津村蓮華寺字佛入）

也就是說，許多人認為即使阿嬸死亡多時，魂魄還留在水裡。同一區的曾地峠，也有一口阿萬井（おまんヶ井，Omangai）。這口井也一樣，站在旁邊，呼叫「阿萬、阿萬」，水面一定會掀起漣漪。阿萬以前住在附近，是某某武士的老婆。丈夫痛恨她，殺害她之後將她投入這口井裡，她的怨念一直留在水底不肯散

去。（高木氏[1]的《日本傳說集》。新潟縣刈羽郡中通村曾地）

在上州伊勢崎附近的書上原，也有類似的傳說。這裡有一個小巧的阿滿池（阿滿ヶ池，Amagaike），只要站在岸邊，呼喊「阿滿」，泉水就像在回應似的，由下往上，不斷湧現，「一直叫就會一直冒出來」。（《伊勢崎風土記》。群馬縣佐波郡殖蓮村上植木）

不管是阿滿、阿萬，還是阿嬏井的阿嬏，發音都很相近，其中說不定有什麼理由。駿河的姥姥池也是，只要有人叫姥姥（うば，uba）就會湧出清泉，如果叫「姥姥沒路用」，據說清泉會噴得愈高，掀起波瀾。只要待在一旁安靜地觀賞，湧出清泉的池子、井，也會噴水，或是踩踩周邊柔軟的土壤，就會掀起波瀾，它們卻會因為大聲呼喊或不喊而湧出或靜止，真是奇妙。不過，也因為這些故事很久以前就傳開了，所以人們更特別注意這些現象，才會發現這件事的。

其實還有許多同樣不可思議的事，先稍微說個幾件。

攝津[2]有馬溫泉有個小小的出泉口，只要有人靠近，大聲罵人，就會湧出溫泉，人們稱它為後妻湯（うわなりのゆ，Uwanari no Yu）。後妻本來指續弦，後來指女子吵架。即使沒罵人，一旦打扮時髦的年輕女子走到溫泉旁，據說出泉口也會立刻氣得泉湧如注，所以也有人叫它嫉妒溫泉，有點類似姥姥池的故事。（《攝津名所圖會》。兵庫縣有馬郡有馬町）

野州[3]的那須溫泉也一樣，在距離湯本三町[4]遠的地方，有一個名叫教傳地獄的地方。人們來到那裡，大聲怒吼「教傳沒路用」，該地就旋即咕嘟咕嘟地湧出溫泉。相傳從前一名叫做教傳的男子要上山採集柴薪時，因為母親太晚準備早餐，朋友先行離開，他氣得把母親踹倒在地才出門，為了懲罰他，他的魂魄必須永遠困在這裡。（《因果物語》。栃木縣那須郡那須村湯本）

伊豆的熱海也有一個平左衛門湯（溫泉），嘲笑它「平左衛門沒路用」的時候，溫泉就會冒出來，讓旅人覺得十分有趣，村子裡的孩子會向旅人討錢，要他叫給他們看。我想那應該是我們現在所謂的間歇泉吧，更早以前，東邊還有清左衛門湯，又名法齋湯，只要在那裡大聲念佛，暫時觀察一會兒，溫泉就會一湧而出，而且噴得很高。法齋聽起來也像人名，其實應該是泡齋念佛[5]，是一種念佛的舞蹈，所以這裡也稱為法齋念佛川。有人說，即使不唸誦佛號，只要高聲唸出某某物品的名字，也會冒出湧泉，說不定安靜地觀賞，也會自然湧出溫泉。（《廣益俗說》。辨遺篇及其他。靜岡縣田方郡熱海町）

除了溫泉之外，還有許多念佛就會湧泉的池子。京都西方的友岡村，百姓太右衛門宅邸的後方有一座池子，平常都沒有水，若是站在岸邊念佛，就會立刻湧出清泉，所以它叫做念佛池。我還沒機會去探訪，不知道現在的情況如何。（《緘石錄》。京都府乙訓郡新神足村友岡）

美濃[6]谷汲的念佛池，是三十三所觀音靈場[7]之一，早在很久之前就十分有名。池塘上有一座小橋，叫做念佛橋，橋下有一座石塔，站在橋上，朝向石塔的方向念佛，水面就會不斷冒出水珠，有如沸騰一般。如果念佛之聲平靜，則會平靜地冒泡，若念佛之聲急促，水花也會與之呼應，大量湧現。（《諸國里人談》。岐阜縣揖斐郡谷汲村）

這個縣還有另一座位於伊自良的念佛池。我認為形式也是一樣的。這是略帶甘甜味的優質湧泉，甚至還有人認為皮膚病患者取此水塗抹，即可立刻痊癒。（《稿本美濃誌》。岐阜縣山縣郡上伊自良村）

在上總八重原村的小學後方，至今還有念佛池。這座池子不會冒泡，站在池畔念佛之時，水底會立刻冒出潔淨的沙子，也算是湧出清泉的例子。（《傳說叢書》上總之卷千葉縣君津郡八重原村）

接下來是完全相反的例子，在陸前[8]的岩出山附近，謠坂（うとう坂，Utou Zaka）這座坡道旁。這座湧泉的池底總是不斷冒出沙子，一旦有人靠近，念誦「南無阿彌陀佛」再拍手，就會暫時停止冒沙。因此，人們稱它為驚嚇湧泉。（《撫子日記》。宮城縣玉造郡岩出山町）

驚嚇湧泉有別與一般的池子與清泉，以人類的感覺來說，更像是活生生的泉水。在《豐後風土記》這份一千年多前的文獻裡，也記載了這樣的故事。地點應該在現在的別府溫泉附近，有一座叫做玖倍利之井的溫泉，平常總是積滿黑色的泥巴，不會冒出熱水，如果有人悄悄來到出泉口旁，突然大聲說話，據說它會嚇得發出鳴叫聲，還會湧出兩丈高的熱水。為什麼後來會傳出這麼多念佛的故事呢？我想應該是當時非常流行念佛吧。當地田野的千町牟田，傳說這裡有朝日長者[9]的宅邸遺址，那裡有一座名為念佛水的小池塘。只要站在岸邊，念誦「南無阿彌陀佛」，池水也會像在回應一般，汩汩地冒著泡泡。（《豐薩軍記》。大分縣玖珠郡飯田村田野）

本縣東方的海灣裡，還有一座名為姬島的島嶼，島上有一口名為拍子水的泉水，只要拍手就會呼應聲響，噴發泉水，列入姬島七大不可思議現象之一。這座島嶼的神明是赤水明神，祂是一名女神。想取此水染牙齒[10]時，發現此水呈紅鏽色，故又名鐵漿水（おはぐろみず，Ohaguro Mizu）。神社位於泉水前方的岩石上，神像是一名手持毛筆，正要染黑齒的女性。不可思議的不僅只有拍手就會湧泉，胃腸不好的人飲用此水即可痊癒，塗抹在皮膚上也能治癒皮膚病，這點與美濃伊自良的念佛池相同。（《日女島考》等。大分縣東國東郡姬島村）

中國也有許多類似的清泉，每個地方都會為它取各種不同的名字。有個地方叫咄泉，亦即為聽見怒吼就會湧出來的清泉。有的地方稱之為笑泉，因為聽到人們的笑聲，就會突然湧出泉水，與驚嚇湧泉的意義相同。喜客泉則是見人來訪就會開心湧出的泉水；撫掌泉則是會回應拍手聲，流出清水的意思。在日本的湧泉倒不是非要聽到念佛才會湧出，在實地探訪之前，但我們無法明確得知，我想大部分的泉水附近的土質都比較柔軟，因為踩踏的力量，造成泉水震動吧。常陸[11]青柳村附近，有一座泉之杜神社，那裡的泉水也一樣，聽見人馬的腳步聲，就會宛如沸騰的熱水，不斷湧現，於是人們稱它為活水，也有人認為這裡就是出水川的三日之原[12]。（《廣益俗說》辦遺篇。茨城縣那珂郡柳河村青柳）

甲州佐內神社的七釜御手洗湧泉也是，有人經過時，就會立刻湧出泉水，冒出大量細砂，是罕見的景致。既然只要靠近就會立刻湧出清泉，若是念誦南無阿彌陀佛或是說「姥姥沒路用」，應該會更猛烈地冒出泉水吧，不過這裡沒人試過就是了。（《明治神社誌料》。山梨縣東八代郡富士見村河內）

和現在相比，從前的人們非常不擅於尋找飲用水。長期以來，人們不知道可以挖井、汲取地下水。因此，他們必須專程前往河畔或湖泊，或是架設導水的長竹管，從遠方把水引過來，沒辦法把房子蓋在距離水源太遠的地方，偶爾在意外的地方發現泉水時，則會高興地在那裡祭祀神明，逐漸在附近形成村落，旅人也會行經此地，不過旅行者最怕缺水了，因此，有些旅行者尋找水源的本領比一般人厲害，也許是因為他們懂得觀察土壤的情況，推測地底下有水，傳授人們如何挖井吧。在各地山野之間自由來去的行腳僧，尤其是空也上人[13]這號人物，據說他們在各個村落找到優質泉水之後離開，備受後人的敬仰。空也將念佛之道推廣到全國，是最早的上人。仰慕其道的後人，每次汲取潔淨的泉水時，一定會想起上人的名諱。各地之所以有那麼多名為阿彌陀井的古井，應該是人們經常在水邊小廟念佛的關係吧？空也派的念佛總是聚集許多人，眾人以盡情跳舞、合唱的方式念佛，所以當地人之所以會關注念佛池的不可思議現象，其來有自。不過，如果只有這個原因，應該不會傳出各地的驚嚇湧泉、阿萬井跟阿滿池的傳說吧？

早在念佛僧侶前往各地行腳之前，古時候的人們已經懂得感念珍貴的水源，在水邊祭祀神明，敬畏神明的力量，也許是因為這層關係，才會把念佛的信仰帶到泉水旁吧。從接下來要聊的各種傳說中，我們可以得知，人們又將這些神明命名為姥姥神，成了有名的子安神。

譯註1　高木敏雄，一八七六－一九二二。神話學家。

譯註2　日本古代的行政區，位於今大阪縣、兵庫縣一帶。

譯註3　日本古代的行政區，位於今栃木縣。

譯註4　一町約為一〇九公尺。

譯註5　泡齋音同法齋。

譯註6　日本古代的行政區，位於今岐阜縣南部。

譯註7　供奉觀音之地。

譯註8　日本古代的行政區，位於今宮城縣南部。

譯註9　傳説中的人物，據説他的宅邸及城裡，埋藏著許多寶藏。

譯註10　日本過去的傳統習俗，女子成年後會將牙齒染黑。

譯註11　日本古代的行政區，位於今茨城縣。

譯註12　出自百人一首「みかの原 わきて流るる 泉川 いつ見きとてか 恋しかるらむ」三日之原即為みかの原，出水川即為泉川。

譯註13　九〇三－九七二年。平安中期的僧人，尊稱阿彌陀聖、市聖、市上人。

# 大師講[1]的由來

壞心婆婆與善心婆婆，只不過是給一杯水，但一邊的井水一直是無法飲用的紅水，另一邊則獲得大師賜予的優質好水，這個傳說早就成了民間故事，講述給許許多多村子裡的孩子聽了。

傳說中，有一位大師推廣佛法的範圍比空也大人更廣，遍及全日本，為村落的居民找到更多的清泉。大多數地方的人，認為那位大師是高野的弘法大師，然而，歷史上的弘法大師赴中國修習佛法，在三十三歲時歸國，三十年來在高野山建立寺院，留下許多難解的文物，也為京都人接下許多重要的職務，應該不可能到遠方旅行。但不少人認為這麼高貴的人士，可能詐傳死訊，其實一直在各地旅遊、修行，才會有這類傳說廣為流傳吧！高野的大師堂每年四月二十一日會舉行更衣儀式[2]，觀察大師堂神像換下來的衣服，每回都會發現舊衣服的下襬磨損，沾了泥巴，有人認為這是大師仍然私下偷偷出巡，造訪他們村子的證據。

總之，傳說中弘法大師經常造訪大大小小的鄉下村落，留下不可思議的故事當成紀念，每個故事都十分類似，其中，為數最多的就是來到原本沒有水的地方，帶給當地人清澈又源源不絕的湧泉。東日本大多稱為弘法井或弘法池，九州則稱為大師水。本來只稱大師，後來愈來愈多人認為大師應該是弘法大師。同樣的情節實在是太多了，要是全都擺在一起，大概怎麼也看不完，所以我從中挑出一些，只寫下目前已有的故事。大家也可以問問其他人，附近的村子一定有類似的傳說，每一個故事中，一定都有女人，這名女性其實就是關的姥姥神。

一般來說，缺乏飲用水的地方，都會流傳許多類似的民間故事，我想人們永遠忘不了當時的喜悅之情。石川縣的能美郡等村落也有弘法清泉，人們都傳述著，在大師尚未造訪之前，這裡都缺乏水源。例如粟津村井之口的弘法池，是村子北邊的共用井水，古早以前，在這裡完全沒有湧泉的年代，一位老婆婆大老遠地汲來洗米水，碰巧遇上大師，大師表示口渴，想喝她的水。老婆婆二話不說，爽快地奉上得來不易的水，於是大師說：「既然這裡這麼缺水，那就給你們一口井。」他將旅行用的拐杖用力往地上一插，下一秒，優良水脈便一湧而出，成了這座池子。鳥越村的釜清水部落也有一座叫做釜池的清泉，甚至成了村名的由來，如今也小有名氣，原本一樣是個水源匱乏的地方，必須遠赴手取川汲水，當地大家族次郎左衛門的祖宗，有一名老婆婆，曾經親切地將水呈給大師，為了答謝她，於是在家門前變出這座池子。因為這個緣由，如今池塘岸邊依然立著大師堂，感謝他的賜水之恩。花阪村以前也沒有潔淨的水源，直到一戶人家的老太太到遠方汲水，供大師飲用，於是，大師又將拐杖插在地上，要她往下挖，說完便離開了，這就是如今的花阪弘法池。然而，附近的打越村至今仍然沒有井水，每天都要去河邊汲水，這是因為從前，大師向這村子裡的老婆婆討水時，她給了用來洗圍裙的水，於是遭受懲罰。湊村以前也有兩座弘法大師的湧泉，如今，一座已經埋在手取川的堤防下了，這座也是大師以拐杖前端戳刺出來的泉水。然而，隔壁的吉原村不僅沒有堪用的井水，現在的人們仍然稱它為吉原的赤脛[3]，據說村民穿上股引[4]就會生病，冬天也光裸著腳，這也是由於那位老婆婆正在洗股引，難得碰上弘法大師向她討一杯水，她竟然拿那些水潑向大師。善心老婆婆跟壞心老婆婆的故事，是不是跟開花爺爺、割舌麻雀[5]如出一轍呢？（以上均為《能美郡誌》）

還有能登[6]的，海邊有一個羽阪村，從前弘法大師行經此地，討水喝的時候，這裡的人非常無情，不肯給他，結果大師生氣了，沒收了全村的水源，如今，不管是從哪個地方挖出來的水，都有一股鐵鏽味，無法使用，想要喝水只能去汲河水了。（《能登國名跡志》。石川縣鹿島郡鳥尾村羽阪）

此外，羽咋郡末吉村的人，也捨不得給大師喝水，因此如今仍然沒有優質清泉，不過鄰近的部落志加浦上野，對大師非常親切，大師的謝禮是指向一旁的岩石，岩石中瞬間冒出水源。當地名產志賀晒布[7]及能登縮布，都用此水漂洗，長期以來一直蒙受恩澤。（《鄉土研究》第三篇。石川縣羽咋郡志加浦村上野）

若狹[8]的關谷川原這個地方，雖然有比治川的水脈，平常卻無水可用，豪雨時則會漲滿水，讓人過不了河，是條只會惹麻煩的河。從前，這座村子也有一名老太太去河邊洗衣服，這時僧人空海行腳至此，口渴了，向這位老太太討水喝，結果她毫不留情地拒絕了，說是這座村子沒有飲用水。於是空海非常憤怒，吟誦了幾句之後，河水就全都流進地底了，成了對村子完全沒作用的河川。（《若狹郡縣志》。福井縣大飯郡青鄉村關屋）

近江[9]湖泊[10]北方的今市村裡，只有一口公用的井水，卻是非常優質的水源。相傳弘法大師旅遊諸國時，正好來到這座村子，遇見一名年輕女子，向她表示想喝水。於是她親切地特地跑了大老遠汲水，讓大師久候多時，大師聽了原委，覺得同情，便以手持的拐杖刺入旁邊的岩石之間，清水即刻湧現，成了這口井。（《鄉土研究》第二篇。滋賀縣伊香郡片岡村今市）

伊勢[11]的仁田村有兩口古井，一口井的水質混濁，只能用來洗滌衣物，隔壁那口井的水質卻非常好。一樣是老婆婆在洗衣服的時候，碰上來到此處的弘法大師，跟她要水喝，於是她說這裡的水質不佳，特地跑到非常遠的地方，汲水給大師喝，大師表示：「這樣很不方便吧。」把拐杖插在濁井旁邊的地面，於是那裡湧出潔淨的泉水。（《伊勢名勝誌》。三重縣多氣郡佐奈村仁田）

由於弘法大師長期待在紀州[12]，所以各大名水通常都是大師恩賜的寶物。光是一個日高郡，南部東吉田、上南部的熊岡、東內原的原谷，都有弘法井，西內原的池田大師堂附近也有；船津阪本的弘法井，直到今日仍然有過路人供奉鮮花或是在此投入硬幣許願；高家水飲谷則有據說是弘法大師以指尖鑿出來的好水。

南部的舊熊野街道山路上，現在也有一口弘法井，據說弘法大師聽說親切老婆婆遠赴千里之遙的海邊汲水，於是說：「真辛苦啊。」以錫杖前端刺出一口井。（以上皆為《南紀土俗資料》）

在伊都郡的野村，也有弘法大師以拐杖戳刺後形成的湧泉，寬約五尺的泉水落在岸上，長達二十五間，滋潤了大範圍的田地。如今，我們無法得知是否有人繼續傳頌這個故事，現在那裡仍然稱為姥姥瀑布。在杖藪[13]村，大師拐杖刺出的井名為加持水，因為大師留下拐杖，後來拐杖長大，成為竹林，甚至成了村名的由來。（《紀伊續風土記》。和歌山縣伊都郡高野村杖藪）

類似的故事非常多，姑且在此打住。四國也有大師的八十八所靈場，光是刺在地上的拐杖生了根，日益成長茁壯，化為一棵大樹的故事，數量就多得數不清，壞心婆婆與善心婆婆，只不過是給一杯水，但一邊的井水一直是無法飲用的紅水，另一邊則獲得大師賜予的優質好水，這個傳說早就成了民間故事，講述給許許多多村子裡的孩子聽了。

枴杖清泉的故事中，最有名的就屬阿波[14]下分上山的柳水，原本這個村子沒有水源，大師以枴杖刺向岩石，才從那裡流出清泉。枴杖化為柳樹，據說一直在泉水旁，長得青綠茂盛。（《阿州奇事雜話》。德島縣名西郡下分上山村）

伊予[15]則有高井西林寺的枴杖潭。從前，這個村子也沒有水源，自從大師來訪，將枴杖立在地上，才形成一座深潭，湧出大量泉水。然而，那支枴杖已經不存在了，不知道是化為竹子還是柳樹了。（《伊予溫故錄》。愛媛縣溫泉郡久米村高井）

為什麼旅行僧人會在所到之處立起枴杖？我設想過各種狀況，姑且不提與池子及泉水無關的故事。性空上人[16]曾在九州南方，親鸞上人[17]有越後七個不可思議故事，甲州御嶽神社附近則有日蓮上人[18]，都有他們立起竹杖後，枴杖成長的故事，不過湧出清泉的故事，似乎還是都會提到大師。東京附近的入間郡，有個地方叫三井，據說弘法大師造訪之時，一名大方、善良的女子正在織布，聽到大師想喝水，她離開織布機，到很遠的地方汲水。「妳們一定很不方便吧。」將拐杖插進地面後，立刻湧出清泉，如今清泉依然源源不絕，還成了當地的地名。（《新篇武藏風土記稿》。埼玉縣入間郡所澤町上新井字三井）

女子織布的故事，似乎有什麼特別之處，才會自古流傳下來。如今，我們發現最北方的大師井位於山形縣的吉川，表示弘法大師的傳說流傳到這個地方。從前，大師來湯殿山建立佛寺之時，因為口渴的關係，走進村子裡的尋常人家，說：「請讓我喝口水吧。」女主人十分可惡，竟然端出洗米水。大師不動聲色地喝完，便離開了，後來，女主人變成了馬臉。接著，他來到距離兩、三町的人家，那戶人家的女主人正在織布。這時大師也表示想喝水，她完全沒露出不耐煩的表情，離開織布機，到很遠的地方汲水。大師非常高興，心想這座村子沒有優質水源。便說：「我挖一口井給妳。」還是老樣子，拿起拐杖，在地面挖了一個洞，於是清泉汩汩流出。這就是至今依然存在的大師井。（《鄉土研究》第一篇。山形縣西村山郡川土居村吉川）

這時，我們必須先思考一件事，故事中的主角真的是弘法大師、佛僧空海的故事嗎？有如故事這般，在廣大的日本國內來去，所到之處都留下類似的奇聞，實在不像人類能辦到的事，不過經過我們一番思考，認為人們是刻意不提神蹟，而是想要當成某位偉人的事蹟，這時弘法大師就是最適合的人選了，這應該不難想像。溫泉也差不多，有少數幾個以拐杖挖出溫泉的傳說，位於上州奧的川場溫泉也是如此，傳說弘法大師曾經來某個民家借宿一晚，沒有熱水可以洗腳，正在煩惱的時候，他立刻以拐杖立在那戶人家的門口，當時冒出來的就是這裡的溫泉。因此，當地人說這裡的溫泉對腳氣病相當有效後，如今，出泉口旁立著大師的小型石像，供人們膜拜。（《鄉土研究》第一篇。群馬縣利根郡川場村川場湯原）

然而，攝津有馬溫泉的山裡，流傳的卻是豐臣秀吉[19]同樣拿拐杖挖到溫泉的故事。太閤來有馬遊樂之際，經過清涼院這座寺院的門口，他半開玩笑地拿拐杖在地面敲打，說：「要是這裡冒出溫泉就好了。這樣我能這裡來了。」語畢，他的腳邊立刻冒出溫泉。於是人們稱那座溫泉為上之湯，又名許願溫泉，後來徒留其名，不再冒溫泉了。（《攝陽郡談》八）

許多人認為，太閤大人是個凡事都能心想事成之人，說不定也曾經發生過這種事。看來主角倒也不是非弘法大師不可。尾張[20]生路村的某座寺廟下方，有一處潔淨的湧泉，當地人表示這也是大師挖的井，但很顯然地，這並不是最原始的傳說。四百多年前，某位學者受到這座寺廟的委託，寫下文章，根據文獻記載，遠古之時，日本武尊[21]來這裡打獵，口渴時卻找不到水源，於是以弓弭[22]插進岩石中，便湧出清泉。那就是這口井的來歷。雖然最近已經枯竭，過去村民非常尊敬這口井，據說還有人認為若是不潔之人來此汲水，水色就會即刻變得污濁。（《張州府志》。愛知縣知多郡東浦村生路）

其他地方也有許多類似的傳說，差別只在於相關人士的名字而已。關東等地最多的版本是八幡太郎義家[23]。他在征戰的途中，因無水可喝，便向神明許願，以長弓刺向岩石，或是把箭插進土裡，於是該處便流出泉水，解除士卒的乾渴。於是人們奉此為神水，為感謝神助，建立神社，持續祭祀，供奉的神明多半是八幡大人。大部分的人都能想像吧？當泉水從較高的地方湧出時，通常都伴隨流動快速的土石流，夾帶岩石，光靠一名凡夫俗子之力，實在無法發現泉源。因此八幡的岩石湧泉傳說才會逐漸流傳開來，愈傳愈多，如果是在沒有神社、空無一物的鄉間或路旁，或是夾在人家之間，故事無論如何都會被帶到雲遊四海，手持拐杖的行腳僧身上。

其他還有各式各樣與自然有關的不可思議奇事，人們也同樣地把各類奇蹟解釋為弘法大師的豐功偉業。其中，最耳熟能詳的例子就是石芋，它的葉子與芋頭一模一樣，根部卻很硬，是一種完全無法食用的植物，還有不喰梨，這是一種完全沒有味道的梨子。兩者的由來都是從前有一名旅行僧路過該地，向主人討一個，小氣的主人撒了謊，說：「這個很硬不好吃。」，或是「太澀了，沒辦法給您吃。」「這樣啊。」旅行僧說完就離開了，事後才聽說他是大師。後來那個芋頭或梨子變得很硬，或是很澀，再也不能吃了。傳說中的弘法大師似乎很愛生氣，又很容易欣喜若狂，而且這些傳說與推廣佛法完全無關，總是在我們的日常生活中，悉心關注我們的善行與惡行。立起拐杖，以清泉拯救百姓的苦難，倒是一件好事；生氣的時候把井水變成紅鏽色，或是讓芋頭或水果無法食用，怎麼也不像這種偉人會做的事。然而，按照日本的古老觀念，人類是否幸福，端看我們對神明的作為是否正確。即便到了今日，當我們碰上新的問題時，仍然會浮現這樣的觀念。因此，我們認為把這些故事套到弘法大師身上，應該是一場誤會了。

現在，我再舉出更稀奇的傳說做例子，請大家想想看。這個故事與石芋、不喰梨恰恰相反，是在各地流傳的煮栗子、烤栗子的故事。這些故事也是靠弘法大師的力量，讓已經煮熟或烤熟的栗子再度萌芽，成長為大樹，結實纍纍。越後上野原的烤栗子，是親鸞上人有名的軼事，這個故事同樣由信仰虔誠的老太太呈上烤栗子，大師請她埋進土裡：「若是我的教誨流芳百世，這顆烤栗子也會發芽的。」，說完便離開了。結果他的話果真應驗了，烤栗子長成一大片栗樹林，而且還是三度栗[24]，一年會結實三次。為什麼會傳出這樣的故事呢？這是因為這種柴栗比其他品種的顏色還黑，看起來像是烤焦了，京都南方的鄉間，也流傳著同樣的故事，這裡則成了天武天皇[25]的事蹟。天武天皇即將前往芳野山林之前，曾在村子裡休息，這時村民獻上煮熟的栗子。於是天皇告訴他們：「若是我能回來，這煮熟的栗子就會發芽。」他種下的果實成了枝葉茂密的大樹，種子永世留傳。另一個版本則是春日明神[26]初次來到大和[27]之際，隨行的神主[28]播灑煮栗子的果實。看來這類故事的主角，似乎也不是非弘法大師不可。

其他還有半身魚及獨眼鯽魚之類的故事。人們把牠烤熟，正要享用之時，大師到訪，向人們乞求：「把牠給我吧。」再把魚放進小池塘裡。後來，那座池塘裡的鯽魚只有一面呈黑色，看起來像燒焦的模樣，還有只剩一隻眼睛或是像被削去半邊身子，體型非常薄的魚。從動物學的角度看來，這種魚類不可能存在，總之，有獨眼魚棲息的池塘非常多，而是全都是神社或是古老祠堂旁邊的池子。在這個層面看來，池子與大師也有密切的關係。

還有掛衣岩、羽衣松之類的傳說。這些傳說也發生在水畔有奇特岩石或大樹的地方，那裡曾經掛過不可思議的神明衣物，一般來說，主角都會演變為高貴的公主，曾幾何時，主角又被人換成弘法大師。備前[29]海岸有一個間口灣，行船人都知道邊緣有一座名為掛裳岩的大石頭。相傳飛鳥井姬這名美麗的高貴侍女，她的外衣曾從遠方飄來此地，掛在石頭上，當地人還有另一種說法。很久很久以前，大師來到間口的村落，說：「我想晾乾僧衣，可以借一下曬衣桿嗎？」村子裡的人冷淡地回絕了：「我們沒有竹桿。」大師只好出此下策，把濕透的僧衣掛在這座石頭上晾乾。我想故事中應該也有一名不和善的女子，事後遭受懲罰吧。（《邑久郡誌》。岡山縣邑久郡裳掛村福谷）

安房的青木村也有一口弘法大師的芋頭井。井底長著葉片形似芋頭的植物，生得青翠又茂盛。從前，大師來到這座村子裡某個老婆婆家，向她討芋頭，小氣的老婆婆謊稱這芋頭是石芋。於是，家裡的芋頭突然全都變得跟石頭一樣硬，再也不能吃了，所以被人扔到屋外，結果那個地方冒出清水，成了這口井，這一定是混合了兩個故事，雖然為了芋頭的事受到懲罰，那口井卻是這個地方最好的淨水。傳說也會像這樣，缺了一半或是合而為一。（《安房志》。千葉縣安房郡白濱村青木）

會津[30]的大鹽村民會汲取山泉，直到最近，仍然會用大鍋子熬煮山泉來製鹽。在這樣的深山裡，竟然有鹽井，當地人也覺得不可思議。果然又有傳說，弘法大師來訪並施展神奇的法術，喚來海水，至於這個故事當中又出現什麼樣的女性呢？如今大部分的人都不復記憶了。（《半日閑話》。福島縣耶麻郡大鹽村）

然而，安房地區神余的畑中部落，河裡有個地方冒出鹽井，它的由來仍然流傳至今。從前從前，金丸氏的家臣——杉浦吉之丞的妻子美和女，在丈夫死後樂善好施，是一名心地善良的婦女。大同三年[31]十一月二十四日，一名旅行僧前來，請求飽餐一頓，於是她給對方剛煮好的紅豆粥，那碗粥沒有鹹味，旅行僧覺得很奇怪。她說：「我們家裡窮，買不起鹽。」於是他說：「真是可憐。」便走到河岸，插進手中的錫杖，祈禱了一會兒，隨後將拐杖拔起來，洞裡便湧出大量清水，飛濺到女子的臉上。她舔了一口，發現那是上等好鹽，那名僧人是弘法大師，據說古早的文獻也記載了這個故事。（《安房志》。千葉縣安房郡豐房村神余）

不管留下多少文獻記載，任誰都知道這不可能是歷史。在弘法可能出門旅行的大同三年前後，既沒有金丸家，也沒有杉浦氏。我們更希望各位注意的是，十一月二十四日的前一晚，關東地方的各個村子如今仍然有大師講（だいしこう，Daishikou）的習俗，這一天，人們會煮紅豆粥來拜拜。如果是天台宗的寺院，這天剛好是天台智者大師[32]的忌日，會藉著這個機會舉行大師講，其他的鄉下地方，多半認為這個大師指的是弘法大師。智者大師本名智顗，乃是一千三百四十多年前仙逝的中國高僧，在世之時從不曾到過日本。此外，弘法大師與十一月二十三日晚上完全沒有任何關係，不過，不管是哪個村落，都相信這一夜大師一定會挨家挨戶地造訪，才會祭拜他。

農曆十一月底，天氣已經相當寒冷了。信州[33]及越後差不多都降雪了，據說在二十三日當晚，不論雪量多寡，一定會下雪，人們說這是隱蔽でんぼ（Denbo）的雪。這個故事中，依然有一個老婆婆。でんぼ是信州方言，表示沒有腳趾。從前從前，有一名非常虔誠的貧困老婆婆，一心想要獻祭品給大師，於是去別人的田裡偷採芋頭與蘿蔔。那個老婆婆沒有腳趾，只要把足跡藏起來，就不會被人發現，因為她實在太可憐了，所以大師才降雪隱去她的足跡。如今仍然有人相傳那天會下雪（《南安曇郡誌》及其他）。不過，這個故事後來可能遭到一些誤解了。在信州這個地方，當晚隨食物供奉的筷子，以蘆葦的莖製成，一定是一長一短。有人說這也是為了紀念隱蔽でんぼ，因為那個老婆婆不僅沒有腳趾，還是瘸子，有些地方則傳說大師本人是天生的瘸子，當天晚上為了前往各個村莊，下雪正好可以隱去他的足跡，他也會很開心，所以也有一句俚語是「隱蔽無趾大師」（《小谷口碑集》）。越後方面自古也會在大師講時供奉紅豆粥，這時用的是以栗樹枝削成的長短筷子。據說重聽的人只要把筷子貼在耳朵旁，就能聽得很清楚。還有，這一夜降的雪叫做滅跡雪，據說是為了隱去大師從在鄉里之間移動的足跡，以免被人們發現。（《越後風俗問狀答》）

這樣一來，我們逐漸發現這位大師既不是弘法大師，也不是智者大師。直到今日，仍然有許多日本人認為山神大人是單腳神。因此，還有只製作一隻大草鞋獻給山神的習俗。據說山神大人經常在隆冬之際，下山走入鄉鄰，積雪反而會顯露祂的足跡。後來佛教傳入之後，信奉山神的人愈來愈少，後來反而成了孩子們畏懼的神明，地位愈來愈低落，都被貶為妖怪之類了，我們的山神本來跟希臘、斯堪地那維亞[34]那些古老、崇高的神明相同，只有一條腿，也只有一隻眼睛。說不定兩者之間沒有關係吧，總之，十一月二十三日夜裡，前往日本國內的各個村落，接受紅豆粥祭祀的，可不是一個普通的偉人。人們只知道祂的名字叫「だいし（Daishi）」大人，於是會寫字的人就認為祂是弘法大師了。

如果一定要找出だいし的漢字，我想正確的寫法應該是「大子」。原本的意義是重要的大兒子，亦即長男的意思，改用漢字的唸法之後，人們只用來稱呼神明及尊貴人士之子，後來又變成たいし（Taishi），幾乎成了聖德太子的代名詞。由於鄉下仍然保留這些古老的詞彙，不知不覺間，已經與佛教的大師混淆不清了，由於傳說原本是神明之子，仔細一看就能發現有許多故事的主角並不像大師。在信州遙遠的南方，龍丘村的琴原這個地方，供奉著名為淨元大姉（Jougen-Daishi）的跛腳神明。關於這座寺廟的遺址，眾說紛紜，甚至有人說是花之御所[35]、後醍醐天皇[36]之妹，這些說法也是始於人們祭拜大子及姥姥神，才開始流傳。大子曾在半路腳痛，陷入險境，所以發願治好當地人的腳部疾病，如今仍然有信徒參拜，還會獻上單隻草鞋當謝禮。這裡有俚語說：「跛腳山神的單腳草鞋。」（《傳說的下伊那》。長野縣下伊那郡龍丘村）

崇高、尊貴的天神之子，又稱為王子權現或若宮兒宮，受到各地村民的祭拜，我們可以找到許多的例子。此外，木匠或樵夫等，從事與山林樹木相關職業的人，如今依然信奉太子大人，弘揚佛法的人士則認為太子大人指的是聖德太子，也許最早也是神明之子。日本古老的大型神社，也有許多地方供奉著年輕的尊貴神明。在這位神祇身旁，總是有一名關係密切的婦人隨侍在側。再回想一下十一月二十三日夜裡，だいし講的老婆婆，儘管後來有人說她是貧賤家庭的人，以前這位應該也是神明的母親或阿姨，無論如何，與一般村民相比，應該是與大子關係十分親密的人士。這樣的變化在傳說之中不僅一點也不罕見，許多神社或祠堂認為祂是脇士[37]，放置姥姥的木像，又或是關的姥姥神故事，在井邊、池畔一起供奉兒子與姥姥的靈魂，類似的傳說不在少數。

假設大子的真實身分是兒童神，我認為這可以解釋人們為什麼把姥姥神當成兒童守護神，加以祭祀的原因。姥姥本來就悉心照顧神明之子，因此深受人類的信任吧。關於這一點，還有兩、三個比較新的傳說。紀州岩出的疱瘡[38]神社，以前由當地望族大西家掌管，護身符也是由他們發送。根據大西家記載的神社緣起，寫著這樣的故事。某一年，十一月二十三日夜晚，一名白髮的老婆婆隻身來訪，表示想要借宿一夜。他們表示：「我們家很窮，沒有東西可以招待您。」婆婆說：「我不用吃飯，只要讓我過夜就行了。」於是她在火爐旁坐了一整夜。黎明時分，她請他們汲來清水，把水煮滾之後，安靜地喝完，即將離開的時候，她對大西家的主人說：「我與你們家的祖先有一些緣分。現在你們對我還是這麼親切，也留我過夜，我很感激，為了答謝你的盛情，從今而後，只要報上大西家子孫的名號，我一定會守護他們，減輕他們的天花，庇佑他們長命百歲。」語畢便回家了。他們目送著她離去，發現她正好來到神社的位置，變成愛染明王的模樣之後便消失了。在種痘法出現之前，天花是孩子們的重大疾病。因此，人們對疱瘡神敬畏三分，這名老婆婆似乎就是疱瘡神。愛染明王原本是掌管愛欲之神，因名字裡有「愛」，所以我國人民通常會向祂祈求兒童平安長大，無災無病，因此，祂的容貌總是相當年輕，絕對不像是會化身為老婆婆的神明。關於這一點，也許大西家的祖先看錯了，我想可能是因為他們很早之前就知道，姥姥神的後方是兒童神。（《紀伊續風土記》。和歌山縣那賀郡岩出町備前）

伊勢[39]丹生村自古就是鉛的產地，這裡有一座名聞遐邇的礦泉。近年來，罹患各種疾病的人們都會來這裡沐浴，古早以前，只有當地女子會在生產前後來這裡行垢離[40]儀式，祈求新生兒的安全，因此礦泉名為子安井，同樣也有弘法大師的加持水傳說。戰國時代，此地紛亂不安，井也埋了一大半，於是人們逐漸忘了這些傳說，附近的居民還把此處水源當成一般的飲用水，不過這些人家多半容易出病人，甚至還有人家死絕，據說人們嚇得用抽籤的方式，向明神大人請教神旨。事實上，此處的水中含鉛，對飲用者可能有害，不過從前的人並不這麼想。解讀籤文得到的指示，表示子安井是神明針對生產前後的女子，保祐她們平安照顧子嗣的一口井，應迅速清淤，保持潔淨，後來，取此水做為日常用途之人，皆遭受報應。（《丹洞夜話》。三重縣多氣郡丹生村）

東京附近也有一座子安池，這裡也有與立杖清泉相似的傳說。位於板橋町西北方，下新倉妙典寺旁邊，據說從前日蓮上人行腳來到此處，大名墨田五郎時光的夫人，遭逢難產，痛苦不堪。日蓮祈求夫人順產，取一柳枝為夫人加持，於是此處突然湧出優質清泉，掬水漱口，並取得平安符為夫人戴上，這才生下健壯的男孩，人們傳說池畔的老柳樹便是日蓮上人插在地上的柳枝，後來發芽與茁壯。（《新篇武藏風土記稿》。埼玉縣北足立郡白子町下新倉）

傳說也會像子安池畔的柳樹一般，成長茁壯。東京是近四百年來才形成的都會，曾幾何時，弘法大師也造訪此地。上野公園後方的谷中清水町，有一座清水稻荷神社，神社旁邊，有一座知名的清泉。從前還沒有清泉的時候，仍然有類似的故事，一名老母親頭頂著木桶，去遠方汲水，來到此處，正好碰上大師，大師向她討水飲用。「您一把年紀，還每天去汲水，一定很辛苦。」聽大師這麼說，老母親回答：「可不只這樣呢，我有一個獨生子，久病不癒，真不知道該怎麼辦才好。」於是大師想了一會兒，便以手持的獨鈷[41]在地面挖了起來，那裡突然冒出清泉。泉水的滋味猶如甘露，夏季涼冽，冬季溫暖，無論天氣多麼炎熱，都不會乾枯，成了名聲響亮的清泉。也不知道老婆婆的兒子患了什麼病，總之，用這股泉水洗過之後，很快就痊癒了。於是許多人都來取水，據說只要汲此水清洗，任何疾病都能痊癒。這時，稻荷神社也開始祭拜弘法大師，香火愈來愈鼎盛，附近的商家也愈來愈多了。（《江戶名所記》。東京市下谷區清水町）

野州足利在的養源寺，山下有一座直徑僅約三尺的小池塘，據傳它也是弘法大師的加持水，信徒們會來此地汲水飲用。從前，有名奶水不足的婦人，抱著嬰孩，正愁不知如何是好，這時來了一位素未謀面的旅行僧，僧人聽了她的話，便為她祈禱一會兒，接著把拐杖插進地面，該處便湧出泉水。「這水，妳可以喝，也可以像餵奶一般，讓孩子喝下，一定能把孩子養得白白胖胖。」僧人說完便離

開了。我想後來應該是養源寺的人傳出這名僧人是弘法大師。（《鄉土研究》第二篇。栃木縣足利郡三和村板倉）

當一個地方的古老傳說，與後來聽聞者的意見相左時，故事的情節就會愈來愈不合理了。當大子成為舉世聞名的高僧時，這時必須再另外找一個可愛的稚子，帶來擺在老婆婆身邊。有不少令人寒毛直豎的故事，在此也不打算詳述，日本人常說產女[42]的幽靈故事，原本也是路旁受人供奉的母子神明。即使外表是柔弱的嬰兒，仍然是神明之子，因此擁有不可思議的能力。母親會向路過的人說：「幫我抱一下，幫我抱一下。」幫忙抱了之後，嬰兒則會愈來愈沉重。如果能耐住嬰兒的重量，一定能獲得財寶，或是成為大力士。這個故事後來演變成大師行經此地，反而被大師的法力相救，產女則成了一般的幽靈了。不過，幽靈帶小孩本來就很奇怪了，還會帶來福澤，這件事就更不合理了。還有其他促使故事改變的原因。有些地方有夜啼松或夜啼石的傳說，午夜時分，橋邊或登山口會傳出嬰兒啼哭的聲音，別把它想成恐怖怪談，有些地方認為這是告知村裡有人生產的訊息。有個版本是一名女子因嬰兒夜啼不止，便站在那棵松樹下，這時一名行腳僧經過，幫她抱了抱小孩。接著點燃松樹的細枝，讓孩子看看火光，孩子便不再哭泣了。後來，有些地方的人們在松樹下祭祀神明，若是有人家裡的孩子夜啼，可以來這裡折樹枝，當成燈火。九州的宇佐八幡附近，則不稱此僧人為弘法大師，而是人聞菩薩（にんもん ぼさつ，Ninmon Bosatsu）。有人說人聞菩薩是八幡大菩薩化身的姿態，經常在村里之間來來去去，不過我想大概沒有名字這麼奇怪的僧侶了，關於這位神明的信仰，我想古代遺留下來的應該是為人之母，也就是人母（にんぼ，Ninbo）一詞吧。如今，關東各地仍然供奉著被人們稱為子安的母子神，那是一尊高貴婦人抱著孩子的石像。姥姥（うば，Uba）指的是一般的女性。父母的妹妹稱為姑姑、阿姨或阿嬸（おば，Oba），後來在鄉下地方，只要是年紀比較小的女性，即使年紀輕輕，一樣稱為阿嬸，它們原本都是同一個名詞。因為有人認為故事中指的是年長的女性，後來才會變成三途河老婆婆那種面目猙獰的石像。佛教傳進日本之前，清泉畔的祠堂供奉著子安姥姥神。即使是弘法大師與世長辭的千年之後，人們仍然經常發現新的清泉，也就是說，大師井、大師水的傳說，依然隨著清泉廣為流傳。如今仍然在日本鄉間來去的神明，反而是我們的姥姥神。因此，人們在路旁、山頂上、遼闊的田野盡頭，在旅人欣喜汲取的泉水旁，供奉著這位神明，還有人為祂取名為關的姥姥神，熱田境川的御姥子堂，原本應該祭祀姥姥及孩子，才會叫做這個名字吧。人們也遺忘箱根姥子的古老傳說，過去發現那座溫泉的時候，想必曾經有過一段故事吧！還要請大家注意一點，古早的日本故事中，有不少關於姥姥的故事，她一定會帶著美麗又聰明的孩童。

譯註1　十一月二十三日傍晚—二十四日進行的習俗。人們在家裡食用紅豆粥及烤糯米丸子。有些地方會祭祀弘法大師、智者大師、元三大師。

譯註2　為神像換上新衣服的儀式。

譯註3　光裸的小腿。

譯註4 一種緊身褲，多半穿在和服裡，當成工作褲或內褲。

譯註5 兩者皆為日本童話，故事中的好心人都獲得金銀財寶，壞心人則受到懲罰。

譯註6 指石川縣的能登半島。

譯註7 一種漂白布。

譯註8 日本古代的行政區，位於今福井縣南部。

譯註9 日本古代的行政區，位於今滋賀縣。

譯註10 指琵琶湖。

譯註11 日本古代的行政區，位於今三重縣一帶。

譯註12 日本古代的行政區，位於今和歌山縣、三重縣南部。

譯註13 拐杖化為竹林之意。

譯註14 日本古代的行政區，位於今德島縣。

譯註15 日本古代的行政區，位於今愛媛縣。

譯註16 九一〇—一〇〇七。平安中期的佛僧。

譯註17 一一七三—一二六三。鎌倉時代的佛教大師。

譯註18 一二二二—一二八二。鎌倉時代的佛僧。

譯註19 一五三七—一五九八。戰國時代的武將。又稱太閤。

譯註20 日本古代的行政區，位於今愛知縣西部。

譯註21 日本古代史中的英雄。又名倭建命或景行天皇的皇太子。武功高強，曾奉命出征。

譯註22 弓兩端繫弦之處。

譯註23 源義家，一〇三九—一一〇六。平安時代後期的武將，是後來開創鎌倉幕府的源賴朝及開創室町幕府的足利尊氏的祖先。

譯註24 每年可以收成三次。

譯註25 生年不詳—六八六年。日本第四十代天皇，是首位稱號為「天皇」，定國號為「日本」的天皇。

譯註26 又稱春日權現，權現為日本神號，指日本神明假佛或觀音之姿現身，宣揚神道及佛道融合之理念。春日權現共有四位神明，分為別為不空羂索觀音、藥師如來、地藏菩薩、十一面觀音。

譯註27 指日本。

譯註28 神職人員。

譯註29 日本古代的行政區，位於今岡山縣、香川縣一帶。

譯註30 位於福島縣西部。

譯註31 西元八〇八年。

譯註32 智顗，天台宗的創始者。五三八—五九七。中國隋代的僧人。

譯註33 日本古代的行政區，位於今長野縣。

譯註34 北歐地方，包括瑞典、挪威、丹麥。

譯註35 指足利將軍家的宅邸。

譯註36 一二八八—一三三九。日本第九十六代天皇，也是南朝的第一代天皇。

譯註37 佛教用語，侍立於佛及中尊之間的菩薩。

譯註38 指天花。

譯註39 日本古代的行政區，位於今三重縣北部、愛知縣一帶。

譯註40 立願於佛前，以清水沐浴，表示身心清淨。

譯註41 佛教的法器，指金剛杵。

譯註42 又稱姑獲鳥，產婦化成的妖怪。

# 獨眼魚

---

在歷史上也出了不少像伊達政宗這種人稱獨眼龍的偉人，傳說中，只有一隻眼睛的人比較容易受到尊敬。例如前面提到的山本勘助等人，據傳武田家最機智的人，不是瞎了一隻眼，就是瘸子。

接下來的故事與小孩無關，既然提到池塘的傳說，順便聊一下獨眼魚的故事吧！為什麼魚類只有一隻眼睛呢？目前我們仍然不是很清楚來龍去脈，不過這種魚通常會出現在寺廟前的池塘，或是神社旁的清泉。距離東京最近的就是上高井戶的醫王寺，罹患眼疾的人都會來這裡參拜藥師如來，據說每個人都會帶來一條淡水魚，放進祠堂前面的小池塘裡，不知不覺中，那條魚會少一隻眼睛。夏天水源豐沛時，池塘下游的小河裡，經常都能捕撈到獨眼魚，捕到魚的人認為這是藥師如來的魚，一定會把魚帶回這座池子放養。（《豐多摩郡誌》。東京府豐多摩郡高井戶村上高井戶）

上州曾木的高垣明神左側，有一座清泉。乾旱時節不會乾枯，霖雨時分也不曾污濁，匯流入一町之外的大河裡，住在清泉裡的鰻魚全都只有一隻眼睛。據說一旦牠們進入河川裡，又會變成正常的兩隻眼睛了，儘管如此，這位明神的氏子還是從不食用鰻魚。（《山吹日記》。群馬縣北甘樂郡富岡町曾木）

據說甲府市北方的武田家城址，護城河裡的泥鰍跟山本勘助[1]一樣，全都只有一隻眼睛。除了獨眼的泥鰍，還有古府中的望族奧村家，由於他們是山本勘助的子孫，據說每一代都只有一隻眼睛，真實情況為何，我們就不得而知了。（《共古日錄》及其他。山梨縣西山梨郡相川村）

信州則有戶隱雲上寺的七大不可思議，住在泉水之中的魚類，全都只剩下一隻眼睛，還有赤阪瀧明神池裡的魚，一隻眼睛特別小或看不見。據說是神明為了向祈願者顯靈，才把魚變成這樣。（《傳說叢書》。長野縣小縣郡殿城村）

越後也有幾個類似的故事。長岡神田町一戶人家北邊的後院，有一座叫做三盃池的池塘，住在池裡的魚鼈全都只有一隻眼睛，吃了不會中毒，因此無人捕撈。古志郡宮內的一王神社東方，田中央有一個莫約十坪大小，隔開街道的沼澤，據說那裡的魚類全都只有一隻眼睛。相傳這裡以前是神社舉辦春秋大祭時，供奉魚肉的加持池遺跡。四十多年前，開墾成農地，池塘已經不復存在。還有北魚沼郡的堀之內町，山下有一座名為古奈和澤池的大池塘，人們引此處的池水做為日常用水，據說這座池塘裡的魚全都只有一隻眼睛。要是捕撈就會遭到報應，若是把牠帶回家，盛裝在容器裡，當天夜裡魚就會回到池子裡了，實際上應該是當時禁止殺生的緣故，沒人敢嘗試吧。（《溫故之栞》。新潟縣北魚沼郡堀之內町）

青森縣南津輕猿賀神社的池塘，如今仍然還有獨眼魚，據說甚至還有盆舞[2]歌曲「皆みんなめっこだぁ」（我們都是獨眼龍）。在我所知的範圍裡，這是日本最北端的獨眼魚，繼續往北找的話，也許還有更多相關的傳說吧。（《民族》。青森縣南津輕郡猿賀村）

到了這個地步，類似的故事非常多，實在沒辦法一一列舉，我只想跟各位一起思考一件事，各地的人們都要傳頌魚變成獨眼，這是為什麼呢？在眾多故事中，流傳最久的是攝津昆陽池的獨眼鯽魚，據說與奈良時代[3]的高僧行基菩薩[4]有關，故事與弘法大師的立杖清泉有一些類似。行基行腳之際，經過這座池畔時，一名氣若游絲、蓬頭垢面的病人躺在路邊，跟他說：「我想吃魚。」行基心生憐憫，於是到長洲海邊買魚，儘管是僧侶，仍然為了病人，親自料理再請他享用，這時病人說：「你先吃一口試試看。」於是行基耐著性子，吃了一小口給他看。這時，髒兮兮的乞丐化身為藥師如來的模樣，說：「我是為了測試上人的品行，才會假扮成病人，躺在這裡。」接著綻放金色的光芒，往有馬山的方向飛去。這段不可思議的經歷把行基嚇了一跳，他把剩下的魚肉放回昆陽池裡，這時，每一片魚肉都死而復生，成了現在的獨眼鯽魚。後來，人們供奉這座池子裡的魚神，取名為行波明神，長年祭拜。儘管這個故事聽起來一點也不真實，當地的人們卻深信不疑，既不撒網捕撈，也不曾垂釣，敬畏池中的魚，認為食用此魚之人將染上惡疾。（《諸國里人談》及其他。兵庫縣川邊郡稻野村昆陽）

還有另一種說法，行基三十七歲那年，回到故鄉和泉國，這時村裡的年輕人為了測試法師的能耐，便把鯽魚肉切成細絲，硬逼行基享用。於是行基只能吃下，接著到池畔吐掉，結果切成細絲的魚肉全都死而復生，在水面游來游去。那些魚至今仍然住在池中。那座池子是家原寺的放生池，因為這個緣故，放生池裡的鯽魚全都只有一隻眼睛。不過，既然魚已經被人切成細絲，為什麼復活之後會變成

獨眼魚呢？幾乎沒有人能說明這件事。（《和泉名所圖會》等。大阪府泉北郡八田莊林家原寺）

播州[5]加古川教信寺的池塘，也有完全同樣的故事。加古有一個叫做教信的人，他是虔誠的佛教徒，不過這裡的故事也是被人強迫，不得已才吃下魚肉，後來吐出的魚肉死而復生，成了這池子裡永遠的獨眼魚。寺院稱此魚為上人魚（しょうにんうお，Shounin Uo），我想應該是精進魚（じょうじんうお，Shoujin Uo）的訛傳吧。據說這座池塘是教信挖成的，比行基的昆陽池更接近大師水的傳說。（《播磨鑑》。兵庫縣加古郡加古川町）

除此之外，魚變成獨魚的原因，還有各種不同的版本。

舉例來說，下野上三川城址，護城河裡的魚全都只有一隻眼睛，這是由於慶長二年[6]五月，這座城被攻陷之時，城主今泉但馬守家美麗的公主，以懷裡的短劍刺向眼睛，跳入護城河而亡。因為這段來歷，如今水裡的魚還是只有一隻眼睛。雖然以前的人經常提起這段「來歷」，不過，我們如今仍然不知道這段來歷代表

什麼意義。（《鄉土光華號》。栃木縣河內郡上三川町）

再舉出更多有一段來歷的例子吧！福島市附近的矢野目村，有一座名為獨眼清泉的池子，據說鎌倉權五郎景政[7]的眼睛在戰場上受傷，來到這座池子洗滌傷口。他的血流進池裡，混入清泉之中，於是池中小魚的左眼全都失明了。獨眼清泉之名就是源於這個傳說。（《信達一統志》。福島縣信夫郡余目村南矢野目）

鎌倉權五郎是八幡太郎義家的家臣。十六歲那年赴奥州征戰，一隻眼睛被敵軍的箭矢射穿了，他在拔下箭之前，先回射對方一箭，把敵人擊倒，是一名勇猛的武士，不過他洗滌傷口的池子實在是太多了，不可思議的是，不管那座池子在哪裡，裡面的魚都成了獨眼魚。另一個故事發生在羽後金澤町的河裡，據說權五郎死後，靈魂成了那裡的獨眼魚。據說這裡是過去後三年之役[8]中的金澤柵，也許有人覺得確有其事，不過鎌倉權五郎景政是一名長壽之人，應該不可能命喪於此。（《黑甜瑣語》。秋田縣仙北郡金澤町）

接下來是山形縣最上的山寺，山腳下有一座景政堂，據說那裡是鳥海柵的遺址，也有權五郎清洗眼睛傷口的池子，同樣也住著獨眼魚。雖然我們不知道這座祠堂的來歷，相傳附近村落的農地遇到蟲害時，這座祠堂曾經敲鑼打鼓，驅除害蟲，於是害蟲就消失了。（《行腳隨筆》。山形縣東村山郡山寺村）

此外，莊內平田的矢流川部落，有一座年代悠久的八幡神社，傳說中權五郎也曾經到神社前的河邊洗眼睛。於是河裡的鈍頭杜父魚全都成了獨眼魚。（《莊內可成談》等。山形縣飽海郡東平田村北澤）

一路來到福島縣獨眼清泉的路上，各地都有洗滌眼睛的河流及池子，不過最教人驚訝的卻是權五郎景政遠赴信州南方的村子，同樣留下在那裡洗眼睛的傳說。這個傳說發生在信州飯田附近的上鄉村雲彩寺，院子裡有一棵巨大杉樹，樹下湧出的清泉，因此，這裡的蠑螈左眼都是瞎的。清泉名為怨念池，雖然我們不清楚到底是什麼樣的怨念，不過相傳權五郎曾經在這座寺廟待過一段時間。（《傳說的下伊那》。長縣下伊那郡上鄉村）

我想接下來的故事可能是有什麼誤解吧，總之還有這樣的版本。作州，美野村的白壁池，不管天氣多麼炎熱，都不會乾枯，是一座歷史悠久的神奇池塘，據說池子裡有獨眼的鰻魚。從前，有一名馬伕拉著馬，馬背載著茶臼，行經池塘的堤防時，落水而亡。那名馬伕是個獨眼的男子，後來他變成鰻魚，同樣只有一隻眼睛。據說只要在下雨的日子，豎起耳朵，專心聆聽，還能聽見池底傳出茶臼碾茶的聲響。（《東作誌》。岡山縣勝田郡吉野村美野）

越後青柳村有一座青柳池，傳說中，這是一座非常有名的池子。這座池子的水神是一尾大蛇，牠經常化身為美女的模樣，到市街買東西，或是到村裡的寺廟聽人講道，由於這座池子就在鬧街旁邊，所以造訪此處的人們將這個故事流傳到遠方，才會形成這個故事吧！從前，安塚城的杢太城主曾到市街玩樂，對美麗的池主一見鍾情。後來，他追隨池主的腳步，最後走進青柳池，再也不曾歸來，由於杢太城主只有一隻眼睛，據說現在這座池子裡的魚，也有一隻眼睛混濁，沒有視力。（《越後國式內神社導覽》。新潟縣中頸城郡櫛池村青柳）

大蛇池主只會住在水中，有別於普通的蛇，是一種可怕的生物。如今，我們仍然無法肯定，這種生物是否實際存在。繪製大蛇的人，當然全都不曾見過大蛇，只好把牠畫成一條巨蟒，於是人們也逐漸認為牠是一條大蟒蛇，人們也認為大蛇住在水底，統御一切的魚類。人們想像著，獨眼的杢太城主成了池主的夫婿，也成了大蛇，代表魚類也是他的族人，於是牠們也受到影響，只剩下一隻眼睛。

據說靜岡市北方山間鯨之池的池主，是一尾長達九尺的青龍，也有人說是獨眼的彩斑牛，因為牠會變身，所以可以幻化為各種姿態。從前，水見色村富豪杉橋家的獨生女，被高山的池主誘騙，帶到水底了，富豪勃然大怒，指使幾百名奴僕及苦力，把大量燒燙的石頭往池子裡扔，傷了池主的一隻眼睛，於是牠逃到鯨之池裡。從此之後，鯨之池裡的魚，全都剩下一隻眼睛，受到無妄之殃。（《安倍郡誌》。靜岡縣安倍郡賤機村）

除此之外，還有池主把領主的愛馬帶進水底，於是領主找來許多打鐵匠，將鐵熔化後倒進池子裡，不管用哪種方式，正好都傷了池主的一隻眼睛，更讓所有的魚類一起變成獨眼魚，算是比較稀奇的故事。然而，我們在其他地方也能聽到類似的故事。同樣在安倍郡，玉川村長光寺前方的池子也有類似的故事，大蛇池主抓走村民的小孩，憤怒的村民投擲大量的石頭，正好打瞎大蛇的一隻眼睛，於是池子裡的魚全都成了獨眼魚。

獨眼蛇的傳說也在許多地方留傳。例如佐渡金北山的一之谷，過去順德天皇[10]蒞臨這座島嶼時，在山路見到蛇，於是自言自語地說：「沒想到鄉下地方的蛇也有兩隻眼睛啊！」也許是敬畏天皇說的話，後來這座山谷的蛇全都成了獨眼蛇。直到如今，這裡的地名仍然叫做御蛇河內。加賀白山腳下的大杉谷村，也有一個赤瀨部落，唯獨此處的小蛇，全都是一隻眼睛。據說是由於岩屋觀音堂前的河裡，原本有一個安永潭，潭主是一條獨眼的大蛇。

從前，赤瀨村有一個名叫安女，獨眼又醜陋的女子，後來被男人拋棄，她心懷怨念跳進潭中，成為潭主。偶爾祂會來到下游處，這時一定天色大變，可能還會掀起一波大洪水。安女家原本是小松町本蓮寺的信徒，據說直到今日，這座寺院舉辦報恩講[11]時，安女仍然會悄悄來參拜，混在人群中參加法會。因此，即便是冬季的大雪之日，每年到了這個時期，都會湧出清泉，亦或是風雨交加，於是人們便說今天八成又是赤瀨安女要來的日子。（《三州奇談》等。石川縣能美郡大杉谷村赤瀨）

不管是獨眼的醜陋女子，還是被丈夫拋棄的怨念，都是源於往昔的民間故事。類似的故事實在是太多了，各個地方都能聽聞。京都附近也有，一名男子到宇治村某座寺院賣芋頭，正當他要走進大門之時，來了一條瞎了一隻眼的蛇，他看著蛇往方丈的方向筆直前進，感到一股莫名的恐懼，便丟下隨身行李，回到附近的家裡休息去了，這時，有人告訴他，寺廟裡久病多時的和尚死了。這名僧人曾經拋棄獨眼的尼姑，悄悄來躲在這裡，最後還是被尼姑的靈魂找到，了結他的性命。（《閑田耕筆》）。也有一種版本是沒有後繼者的老和尚死了，後來總會有一條獨眼的蛇，來到寺廟後方的松樹下，蟠踞著不肯離開。這件事實在太奇怪了，於是有人挖開樹下一看，發現埋著許多金幣。原來是僧人的眷戀化為一條蛇，來到此處，而故事中的老和尚果然只有一隻眼睛，這類故事成為代表性的故事，不管傳到哪裡都能通用。

其中，還有特地從遠方傳來的故事，由於內容繪聲繪影，隨後加入傳說當中，或是與流傳至今的傳說結合，於是人們村裡的歷史就愈來愈豐富了。人死後化為蛇，或是像金澤的鎌倉權五郎一般，魂魄化為一條魚，雖然都是讓人無法置信的故事，不過雙方都沒有左眼，光是這一點，就有人相信，「說不定是真的吧？」然而，這類的故事不僅限於眼睛。除此之外，獨眼的也不僅限於神社前池塘的鯉魚、鯽魚、鰻魚。人們似乎覺得原本有兩隻眼睛的生物，後來變成一隻，這樣比較可怕，或是比較珍貴，於是才開始流傳起獨眼魚或獨眼蛇的傳說，其他各種民間故事，則是後來的穿鑿附會吧。這就是我們要面對的問題了。

在歷史上也出了不少像伊達政宗[12]這種人稱獨眼龍的偉人，傳說中，只有一隻眼睛的人比較容易受到尊敬。例如前面提到的山本勘助等人，據傳武田家最機智的人，不是瞎了一隻眼，就是瘸子。又如鎌倉權五郎景政，歷史記載中，除了年輕時出戰，被人射瞎了眼睛，就沒有留下其他事蹟了，人們卻在很久以前就在鎌倉建立御靈神社祭拜他。九州各地的八幡神社，同樣也供奉著景政之靈。

奥羽[13]地方有許多村子的池塘，都流傳著權五郎洗滌眼睛傷口的故事，我想原本應該是因為他的眼睛被射穿，才會受到人們的敬仰吧。如此一來，獨眼魚與一般正常魚的差別，應該也是與這一點相近吧，女子的執念，或是池主的怨念，正好與池畔子安神「姥姥沒路用」的故事雷同，後來結合了好幾個民間故事。

也就是說，我們過去的神明喜歡只有一隻眼睛的生物。和正常擁有雙眼的生物相比，變成獨眼的生物，與神明更加貼近，所以可以侍奉神明吧。於是我們也可以輕易想見獨眼魚成為神之魚的原因。獻給神明的魚多半從河裡或湖裡捕撈而來，立刻帶來供奉，於是人們姑且先放養在神社潔淨的池子裡，為了與一般的魚有所區別，所以先挖出一隻眼睛。我不知道最近神社的祭典，還會不會做出這種粗暴的行為，總之，抓到獨眼魚時不能吃，吃了就會遭受報應，這應該是自古流傳下來的習俗。除此之外，還流傳著各種不同的版本。例如近江湖泊南邊的磯崎明神，每年四月八日祭典的前一天，都會灑網抓兩條鯽魚，一條獻給神明，另一條除去單邊的魚鱗，再度放回湖中，第二年，四月七日灑網捕撈的兩條魚，其中一條一定是這尾鯽魚。我十分懷疑這個故事的真實性，總之，就是先做個記號，再放養一年的故事。

此外，也有天狗大人[14]喜歡魚眼睛的故事。遠州海邊附近的平地，每逢夏季的夜晚，都能看到許多火光在水田上，或高或低地飛來飛去。人們說那是天狗的夜燈，天狗從山裡出來抓泥鰍。據說每當這個現象出現之後，那陣子水溝及小河裡的泥鰍都沒了眼睛，人們認為天狗大人只有把眼睛挖走了。沖繩各島及奄美大島的村子，也有類似的故事。沖繩有位名叫木精（キジムン，Kijimun）的山神，自從祂結交人類好友之後，便愛上去海邊釣魚，據說跟木精一起去釣魚，收穫特別豐富，而且祂只會取走魚的眼睛，不會帶走其餘部分，簡直讓人佔盡了便宜。

還有宮城縣漁夫的故事，在金華山海灣捕撈的鰹魚，左眼不是比較小不然就是看不見。人們認為這是因為鰹魚從南方望著金華山神社的燈火，一直游到這裡，漁夫則說這是鰹魚來金華山參拜。雖然他們說得言之鑿鑿，總不可能把每一條魚都抓起來檢查。人們之所以會這麼想，表示有人知道神明喜歡獨眼，這就是最好的證據。

除此之外，還有在神社的祭典之日，把魚眼睛戳瞎，讓牠們變成獨眼魚的故事。

日向都萬神社的池子、花玉川河裡，也有獨眼的鯽魚。很久很久以前，木花開耶姬[15]神來到這座池子的池畔嬉戲時，繩結不小心落入水中，刺穿了池中鯽魚的眼睛，後來成了獨眼鯽魚。這座神社的鯽魚唸成鯽魚，名字卻寫成玉紐落[16]，也許是因為這個原因，鯽魚才會成為神明的親戚吧。（《笠狹大略記》。宮崎縣兒湯郡下穗北村妻）

加賀橫山的賀茂神社也有類似的故事，過去這座神社還在別處時，神明化為鯽魚的模樣，在御手洗川裡愉快地嬉戲，這時突然刮起一陣大風，吹落岸邊的桃子，打在鯽魚的眼睛上。後來，發生了不可思議的事，人們在夢中接獲指示，要他們將神社遷到現址。神明化身為鯽魚，本身就是一件奇事了，總之，供奉的魚成為神明身體的一部分，所以過去人們認為在捕撈之前，魚類就是一種尊貴的生物。敬畏獨眼魚，不敢把牠當成一般食物，也是因為這個理由。（《明治神社誌料》。石川縣河北郡高松村橫山）

長時間放養即將獻給神明的魚，過去的人稱這種魚為牲醴。神明對牠們的憐惜之心將會逐漸加深，或是愈來愈不喜歡魚肉的滋味，於是獨眼魚將會一直在神社的池子裡悠遊嬉戲，不過我想讓魚變成獨眼的儀式，應該是很久之後才開始舉行的。我們在神社附近的山裡、河邊，經常都能看到人們稱為俎岩（砧板石）的平坦岩石，據說人們在那裡料理供品。備後[17]有一座叫魚池的池子，水邊有一塊大石頭，叫做魚石，據說這座池子裡的魚，全都只有一隻眼睛，乾旱的年度，村民會來這裡舉辦乞雨的祭典。（《藝藩通志》。廣島縣世羅郡神田村藏宗）

阿波福村山谷的大池子裡，有一顆周長九十尺，突出水面的高度莫約十尺的大石頭，這座池子裡，不管是鯉魚、鯽魚，還是各種小魚，全都只有一隻眼睛。如今，那顆石頭叫做蛇枕，從前，武士月輪兵部大人射死在這顆石頭上嬉戲的大蛇，射穿牠的左眼，於是一族都遭到報應，全都滅絕了。後來，大蛇的怨念並未消散，如今，池中的魚依然還是獨眼，這應該也是結合了兩種故事的版本。（《鄉土研究》第一篇。德島縣那賀郡富岡町福村）

與其說是大蛇，倒不如說是這座池子的池主，獨眼鯉魚、鯽魚，則是獻祭用的牲禮。也許後來又與勇士跟水神大戰，先勝後負的民間故事混淆，形成新的傳說。然而，除了這座池子的池主，其他地方也有獨眼的神明，都是從很久之前流傳下來的故事。不知道人們為什麼會想出這個情節，至少與挖出牲禮的眼睛後放養這件事，有深刻的關係。因此，有人認為一眼特別小的人，或是瞎了一隻眼的人，是神明特別眷顧的人。各地都流傳著大蛇挖出眼睛給人的民間故事。其中，肥前[18]溫泉嶽附近的故事特別悲傷，也跟兒童有關，姑且列出一個版本。從前，這座山的山腳下，有一座村子住了一名獵人，後來，他娶了一個年輕貌美的女孩為妻，其實這名女子即是大蛇。她生產的時候叮囑：「千萬不能偷看。」獵人反而起了疑心，偷偷窺視，竟然看見一條可怕的大蛇盤卷成渦狀，抱著剛出生的孩子。接著，大蛇又化為女子，走了出來：「你已經看見我的模樣，所以我非走不可了。孩子哭泣的時候，讓他舔這顆珠子吧。」說完，祂挖出自己的右眼，回到山裡的沼澤去了。獵人把珠子當成寶貝，愛惜有加，後來消息流傳開來，珠子便被城主拿走了，嬰兒肚子餓了，哇哇大哭，也沒辦法讓他舔了。這對父子實在想不出別的辦法，只好爬到山上，在沼澤的岸邊哭泣，這時突然掀起一陣大浪，獨眼的大蛇現身，聽了來龍去脈之後，便挖出剩下的左眼。獵人開心地收下，繼續照顧孩子，不久，那顆珠子又被城主拿走了。這下完蛋了，獵人打算一死了之，又來到同一座沼澤，這次眼盲的大蛇又現身了，聽了他的話，非常生氣。「既然做出這麼殘忍的事，就要承受報應。你們兩個快點逃去某某地方吧！你們會在那裡找到不錯的奶水。」立刻打發父子倆離開。後來，發生了可怕的火山爆發，山崩了，田地也被海水淹沒，都是這尾眼盲大蛇的復仇。（《筑紫野民譚集》）。遠州的有玉鄉，自古流傳著天龍川大蛇產下的兒子，帶著兩顆寶珠，後來出人頭地的故事，不過故事中並未提及挖出眼球的橋段。（《遠江國風土記傳》）

無論如何，只有一隻眼睛是不可思議，同時也是值得敬畏的符號。奧州有一隻眼（一つまなぐ，Hitotsu Managu），東京則有一眼小僧，臉的正中央有一隻眼睛的妖怪，人們之所以會想像出這種妖怪，也是因為這些故事。最早的時候，日本人認為像獨眼鯽魚那樣，雙眼瞎了一隻，尤其是刻意將雙眼變成獨眼的行為，視為力量的來源，因而感到畏懼與景仰。因此，月輪兵部射穿大蛇眼睛的故事，可能根本是完全不同的故事，也許是後人的誤會，把其他勇士的行為當成了他的故事。

飛驒萩原町的諏訪神社，也有這樣的傳說。距今三百多年前，金森家來了一名強而有力的武士當家臣，叫做佐藤六左衛門，他聽從主人的命令，一定要在這座神社的位置築城，所以要把神像遷到隔壁村。後來，神轎變成十分沉重，不動如山，又來了一條錦蛇，盤卷在神社前方，完全不肯離開。六左衛門看到這情況，大發雷霆，拿著從梅樹折下來的樹枝打蛇，傷了牠的左眼，蛇離開了，神轎也若無其事地動了，完成了神社的遷址。然而，城堡才蓋到一半，大阪發生戰事，六左衛門趕赴前線，戰死沙場，村人也歡天喜地，停下築城的工程，再度把神社搬回來。後來，經常有人在神社附近看到獨眼的蛇，村民認為這是諏訪大人[19]的使者，不僅尊敬有加，如今，人們依然堅信，梅樹無法在這座神社境內存活。（《益田郡誌》。岐阜縣益田郡萩原町）

在這些故事中，我們無法確認佐藤六左衛門來之前，蛇是否為兩隻眼睛，神社裡是否種著幾棵梅樹。也許人們忘了以前就是這樣，誤以為是佐藤六左衛門來之後才開始的。刻意折下梅樹枝，而且只傷了蛇使者的眼睛，實在不像是急性子勇士佐藤會做的行為。除此之外，沒想到刺傷神明的眼睛，後來再也無法種植該種植物的傳說，竟然出乎意料地多。這裡舉五、六個來看看吧，阿波粟田村的葛城大明神神社，很久很久以前，一名尊貴的人士將船停靠在這座海岸，為了到神社的池子釣鯽魚，他騎上馬正要出發，這時馬腳被藤蔓纏住，馬跌了一跤，害他落馬，被桂竹刺傷了眼睛，疼痛不堪。因此，目前人們會向這座神社的神明祈求醫治眼疾，氏子所在的四個部落中，池子裡都沒有鯽魚，竹林中也長不出桂竹，只要把馬牽來這裡，一定會遭到報應。（《粟之落穗》。德島縣板野郡北灘村粟田）

在美濃的太田，據說氏神[20]加茂縣主神社的神明不喜歡芒草葉，即使是端午節，也不包粽子。據說遠古之前，加茂大人騎馬作戰之時，從馬身上跌落，被芒草葉刺傷眼睛，因此，氏子也不喜這種葉子，再也不用了。（《鄉土研究》第四篇。岐阜縣加茂郡太田町）

這類故事在信州特別多。小縣郡當鄉村的鎮守[21]，剛從京都那邊過來的時候，被小黃瓜的藤蔓絆倒，又被胡麻莖刺傷眼睛，如今，全村仍然不種胡麻（芝麻）。據說要是有人膽敢犯此禁忌，一定會罹患眼疾。松本市附近的宮淵勢伊多賀神社的氏子，家裡絕對不會種植栗子樹，若是種了，樹木又長得相當壯碩，家運反而會愈來愈衰敗，這是由於從前氏神降臨當地時，眼睛被栗子的尖刺刺傷之故。此外，島立村的三宮氏子也是，據說神明被松葉刺傷眼睛，有些人家在新年時並不會裝飾松葉[22]。在橋場的稻扱一帶，新年也不擺門松，而是立一棵柳樹。從前，偉大的占卜師晴明大人[23]來到稻扱，被門松刺傷眼睛，受到一番折騰。後來，人們便傳說要是在門口擺松樹，那戶人家就會遭遇火劫，於是才改擺柳樹。（《南安曇郡誌》。長野縣南安曇郡安曇村）

小谷四箇莊也有許多不種胡麻的部落。據說氏神被胡麻戳傷眼睛，若有人硬要栽種，則會罹患眼疾，眼睛劇痛，像是遭到戳刺一般。中土的奉納村不種山藥，也不種胡頹子，相傳開闢這個村落的人家的祖先，被山藥的藤蔓絆倒，又被胡頹子刺傷眼睛。（《小谷口碑集》。長野縣北安曇郡中土村）

東上總的小高、東小高這兩個部落，從前就沒有人栽種白蘿蔔，即使偶爾在路旁看到野生的白蘿蔔，人們也會嚇得立刻祈求神明。據說在其他的村子裡，姓小高的人家一樣不種白蘿蔔。這也是因為小高明神被白蘿蔔絆倒，跌倒的時候被茶樹刺傷了眼睛的緣故，儘管如此，茶樹倒是沒有關係，真是十分奇妙。（《南總之俚俗》。千葉縣夷隅郡千町村小高）

在中國地方[24]，伯耆印賀村的氏神也曾被竹子刺傷眼睛，導致一隻眼睛失明，如今人們仍然不種竹子，若是需要使用竹子，則要翻山越嶺，去出雲[25]購買。（《鄉土研究》。第四篇。鳥取縣日野郡印賀村）

近江笠縫的天神大人，初次降臨本村的苧麻田時，被苧麻刺傷了眼睛，疼痛難耐。因此，祂說：「我的氏子們，千萬別忘記這份痛楚，不准種苧麻。」禁止氏子種植，據說直到如今，仍然沒人敢抗命。（《北野誌》。滋賀縣栗太郡笠縫村川原）

此外，在蒲生郡的川合村，從前當地領主河井右近太夫在伊勢的楠原征戰，由於他在苧麻田中戰死，所以村子裡就不再種植苧麻。（《蒲生郡誌》。滋賀縣蒲生郡櫻川村川合）

來到關東地方，下野的小中村，這裡的人不能種植黍子，這也是因為鎮守人丸大明神還是人身的時候，在戰爭中負傷，逃到這座村子，躲在黍田裡，雖然逃過一劫，卻被黍殼弄瞎了一隻眼睛。因此，據說祂成神之後，對這種農作物也沒有好感。（《安蘇史》。栃木縣安蘇郡旗川村小中）

在附近的村落，上戰場被射傷眼睛的勇士、清洗眼睛傷口的清泉，還有討厭山島羽毛製成的箭，這類故事特別多，列出來又臭又長，所以在此打住吧！接下來，我們稍微看一下村民與神明來往，因此變成獨眼的故事。福島縣土湯的吾妻山麓，有一個優質溫泉，看來像是弘法大師會立杖的地方，不過村裡有太子堂，供奉著年輕的太子大人木像。從前，這座村子的獵人追逐鹿隻，進入濕地深處，草叢中突然傳出：「過來背我，過來背我。」的聲音，仔細一找，便發現這座木像。他嚇了一跳，立刻把它背回家，半路被豇豆的藤蔓絆住，跌了一跤，雖然他沒受傷，不過胡麻稈卻刺進太子木像的眼睛，據說如今木像的一隻眼睛仍然有流血的痕跡。後來，雖然或多或少有所差異，不過這個村子出生的人，每個人都有

一隻眼睛比較小，至於現在又是如何，我倒是還沒聽說。（《信達一統誌》。福島縣信夫郡土湯村）

兩隻眼睛大小不一樣的人，多得出人意料，一般來說，大家都不會介意。有些村子則會告訴小孩，以前鎮守大人跟鄰村互擲石頭，導致眼睛受傷，不過人們通常都已經忘記古老的版本。儘管如此，像土湯這樣，仍然留存神像的地方，即使是錯誤的信息，人們卻依然記得這些故事。三河的横山村，產土神[26]白鳥六社大人的神像只有一隻眼睛。因此，相傳這座村子裡出了許多只有一隻眼睛的人。（《三州横山話》。愛知縣南設樂郡長篠村横川）

在石城的大森村，庭渡神社的主神原本是地藏大人，是位容貌非常美麗的地藏神，也不知道怎麼回事，一隻眼睛特別小。因此，據說整個村子裡的人都傳頌著，大森人有一隻眼睛特別小的說法。（《民族》第一篇。福島縣石城郡大浦村大森）

還有另一種故事版本，範圍不是整個村子，而是有特殊關係的某一家人，代代都是獨眼，前面提到的甲州山本勘助家，就是一個很好的例子。丹波獨鈷拋山的觀音大人，也是獨眼。從前，觀音化身為白鴿，在這座山頂的觀音岩上方嬉戲，山腳下柿花村的岡村家祖先，在不知情的狀況下，對祂射箭，那隻箭正好命中鴿子的眼睛。循著血滴往前找，發現祂來到這座祠堂的深處，停在這裡，於是他嚇了一跳。後來，這戶人家的代代子孫，都會染上眼睛的疾病，像是哥哥偶然射出的箭，一定會射中弟弟的眼睛，永永遠遠都要承受弓箭的災禍。（《口丹波口碑集》。京都府南桑田郡稗田野村柿花）

羽後的男鹿半島，北浦的山王大人神主——竹內丹後家，曾經留下連續七代祖宗都是獨眼的傳說。這戶人家的開宗祖先——竹內彌五郎是射箭高手。八郎潟[27]的主八郎權現[28]，每到冬季，就會來戶賀的一目潟居住，彌五郎接獲一目潟女神的請求，在寒風山嶺埋伏，射傷了祂的一隻眼睛。後來有幾種版本，例如八郎神從雲裡拋回那隻箭，打中彌五郎的眼睛，或是當晚八郎神出現在夢裡，告知未來七世子孫都只剩一隻眼睛，無論如何，彌五郎神主的子孫家，主人肯

定會有一隻眼睛失明。（《雄鹿名勝誌》。秋田縣南秋田郡北浦町）

相傳竹內神主家將射中神明眼睛的箭根，當成傳家之寶。如果與神明為敵，因而遭受懲罰，失去一隻眼睛的故事屬實，保存這份紀念品似乎事有蹊蹺。如同神明喜歡獨眼魚一般，其實也喜歡獨眼的神主吧。

在野州南高岡村的鹿島神社，相傳神主若田家的祖先是池速別皇子[29]。據說皇子在關東旅行之時，因病失去一隻眼睛，於是無法再回到京城，後來他留在這座村子，建立了神主一族。（《下野神社沿革誌》。栃木縣芳賀郡山前村南高岡）

奧州的只野村，據說是鎌倉權五郎景政在後三年之役立下戰功，領受的領地，村裡的御靈神社供奉景政，據稱是其後代的多田野家，一直在此地定居，此地也與權五郎的眼睛被射傷有關，凡是在村子裡生出的人，一隻眼睛都會稍微小一點。也就是大小眼的意思。從前，相傳平清盛[30]的父親忠盛[31]也被人笑稱是「伊勢的平氏[32]是大小眼」，除此之外，也有幾個是一隻眼睛特別小的勇士，

在這種情況下，他們應該覺得那是引以為傲的象徵。（《相生集》。福島縣安積郡多田野村）

**譯註1** 一四九三或一五〇〇－一五六一。戰國時代的武將，武田信玄的家臣。
**譯註2** 中元節時期的祭典舞蹈。
**譯註3** 日本的歷史年代，七一〇－七九四年，這時日本的首都位於奈良。
**譯註4** 六六八－七四九，奈良時代的日本僧侶。
**譯註5** 日本古代的行政區，位於今兵庫縣西南部。

譯註6　一五九七年。

譯註7　鎌倉景政，一〇六九－卒年不詳。平安後期的武將。

譯註8　平安時代後期，一〇八三－一〇八七年間，在東北地方發生的戰役。

譯註9　日本古代的行政區，位於今岡山縣東北部。

譯註10　一一九七－一二四二。日本第八十四代天皇。

譯註11　於親鸞忌日舉辦的謝恩法會。

譯註12　一五六七－一六三六，江戶初期的武將。

譯註13　奧州及羽州，相當於今東北地方。

譯註14　日本民間信仰中的妖怪，有著赤紅臉龐及長鼻子，還有翅膀可以飛行。

譯註15　日本神話中的女神。

譯註16　繩結落水之意。

譯註17　日本古代的行政區，位於今廣島縣東半部。

譯註18　日本古代的行政區，位於今佐賀縣、長崎縣。

譯註19　諏訪神社供奉的諏訪大明神。

譯註20　在日本，居住於相同地居的人們共同祭祀的神道神明，信奉該神明的人則為氏子，與鎮守相似。

譯註21　守護當地的神明。

譯註22　日本會在新年時於門口裝飾松葉，古時候的人們認為神靈寄宿在樹枝上，在門上裝飾松葉表示歡迎年神入內。

譯註23　安倍晴明，九二一－一〇〇五。陰陽師。

譯註24　指本州西部，鳥取、島根、岡山、山口、廣島等五個縣。

譯註25　日本古代的行政區，位於今島根縣東部。

譯註26　神道中庇護地方的神明，此神會庇佑當地出生的人，即使遷居，仍然會受到祂的庇護。

譯註27　秋田縣的湖泊。

譯註28　八郎太郎，秋田縣傳說中的人物。相傳八郎太郎因不遵守約定，遭到懲罰，化身為大蛇，成為八郎瀉的湖主。

譯註29　息速別命，生卒年不詳。第十一代垂仁天皇之子。

譯註30　一一一八—一一八一。平安末期的武將，建立日本第一個武家政權。

譯註31　平忠盛，一〇九六—一一五三。平安末期的武將。

譯註32　指伊勢國出身的平氏一族。

# 附錄

附錄一

# 名作選

# 祭典百態

**柳田國男｜やなぎた　くにお**

鎮守神社一年一度的大祭，與氏神神社舉辦的其他祭典，有十分明顯的差異。這一點在同時供奉兩者的神社也是一樣的，唯有在大祭，也就是神明御幸之時，才會看到妝點著金、銀、丹、綠等各色飾品的神轎出巡。

# 一

凡是在鄉村出生的人，一定還清楚記得少年時期的歡樂祭典。畢竟祭典跟新年、中元節等節慶不同，一旦離開家鄉，便很少碰上外地的祭典，鮮少有機會跟別人聊起這些事。大都市的神社也有祭典，不過，實際上會去祭典看熱鬧的人並不多，因此，所有人都認為只有規模大又熱鬧、萬頭攢動的祭典，才叫做祭典。這就是鄉村與都市最大的差別。下次如果各位有意外的機會，能在鄉村度過寧靜的日子，見識一下春季到夏季的各種大小祭典，充分了解這些行事，才能真正理解城市人不懂的事。

據說鄉村各種大大小小的祭典，在活動比較多的地方，一年能辦上好幾十回，如果能參觀、比較形形色色的祭典，也會改變過去對祭典的印象。

於是大家才能逐漸發現，不管在日本國內的哪個地方，所有的祭典都是一樣的。我認識的是五十幾年前、近六十年前，自己出生村落的祭典，後來，每逢祭典的日子，我總是無緣回去參觀。因此，我比較認真地思考過去的祭典跟現在有什麼改變，或許跟外地的祭典應該有許多差異。然而，打聽實際的情況之後，才發現許多村子的祭典跟我兒時的印象十分相似，現在想起來還是感到非常地驚奇，我認為這是我們大日本國的崇高之處。不過，這類話題，光是聽別人說起，大概沒什麼概念吧，所以我打算把自己小時候的記憶從頭到尾敘述一遍，接下來請大家比較一下，跟你們見過的、聽過的有多少相似、不同之處。如果是距離比較近的地方，也許會有相互模仿的可能性吧？不過我的故鄉距離此處非常遙遠，是一個知名度非常低的鄉下地方。

## 二

我出生的部落共有兩座舉辦祭典的神社。一座是人們口中的鎮守大人，位於隔壁部落，由八、九個大字[1]共同舉辦，每當秋季收成即將接近尾聲時，會在這裡舉辦每年唯一一場最大的祭典。另一座則是氏神大人，有些村子稱為明神大人，其他所有的祭典都在這裡舉行。就神社的等級來說，鎮守大人是鄉社，這邊則是村社，佔地比較小，不過我們提到御宮時，指的一定是這位神明。

外地有不少鎮守及氏神同在一座神社。例如隔壁部落，大字之內一定有鎮守大人，即使沒有氏神大人，一整年的祭典都在這座鄉社舉行。在中部地方[2]，這類部落似乎稱為宮本。此外，也有不少大村子，村裡只有一座神社，稱為鎮守也稱為氏神。同時，有些地方的氏神與別處的氏神不同，指特定一個家族，或是同一姓氏的家神，當部落聚集，共同舉辦祭典時，則稱為產土神社。雖然名稱不盡相同，每個大字一定會有一座共同舉辦祭典的神社，沒有神社的地方絕對不存在，而這些大字以前可能是一個村子。儘管現在有些大字擁有超過兩座以上的神社，多半是因為部落比較少，合併為一個大字之故。

大家共同舉辦鎮守祭典，應該是為了把大祭[3]辦得更大、更熱鬧。按照慣例，祭典的日子通常會在秋季的節供[4]左右，也就是農曆的九月中旬，秋季是農民最快樂的季節。只要不是歉收的荒年，人們通常會提早準備，家家戶戶醃漬鯖魚、製作壽司，到處都飄散著甜酒的香氣，孩子們盡情享用美食，聽著大幟[5]隨著秋風搖曳的聲音。到了祭典當天，各部落都會擺出小吃、遊戲攤位，有些小村子甚至會推出一種叫做壇尻[6]的推車。神轎會繞行村里的每一個角落，稱為御幸或御出，這時，就連老人都不會待在家裡，年幼的孩子則會跟著太鼓的聲音，一整天趴趴走。

三

唯有大祭這一天，村裡的每一戶人家都會參加祭典，出嫁的女兒、外出當長工的人都會回來，人們也會把親戚找來。醉醺醺的人在村子裡進進出出，這時也會有祭典協辦人的旅館，因為他們必須跟著神轎行動，或是去鎮守的神社辦事情，而女性通常在家裡幫忙，沒參加的人其實還不少，還有沒任務的老人，在這些日子，他們會去另一座神社參拜氏神大人。氏神神社也會點起燈火，準備供品，不過孩子們只會把注意力放在小吃攤上，很少來這邊，所以這裡有幾分寂寥。

鎮守神社一年一度的大祭，與氏神神社舉辦的其他祭典，有十分明顯的差異。這一點在同時供奉兩者的神社也是一樣的，唯有在大祭，也就是神明御幸之時，才會看到妝點著金、銀、丹、綠等各色飾品的神轎出巡。東京的大型神社，也有繞行一圈之後回到原本神社的例子，不過通常會到御旅所或御仮屋等地方，人們在這裡迎接神轎，而神轎會在這裡停留一天或一夜，並在臨時的會場舉行祭典。御旅所都有固定的地點，通常在距離本社五町[7]、十町的地方，也有少數距離比較遠的地方，另一方面，有些神社如大和的三輪御社[8]，則會在境內某些區域設置臨時神殿，我家鄉的鎮守大人也屬於此類。

九州地方則稱神明的御幸為御降及御下。也許過去的人們認為神明會在祭典之時，從高處降下吧！後來，人們才覺得神明總是鎮守在神社的一個殿堂之內，才會發展出大祭與小祭等不同的祭典方式，即使在原本的神社辦理祭典，神明仍然會從天而降。

一般人看不見神明降臨，尤其是在夜裡的黑暗之中，不少地方會舉行御出祭典。自從中古[9]之後，人們希望神明能走在日間陽光普照的路上，於是祭典有了變化，人們開始把這段路打造得熱鬧非凡，變成移動的舞台。

## 四

在祭典演奏音樂或有趣的舞蹈，是古早之前就有的傳統。因此，人們會鋪設臨時的草蓆，圍起布幕，或是在神社的殿堂旁邊，搭建常設的舞台，又或是為祭典志工的住宅除穢，供人們使用，這都取決於當天會把神明迎接到哪個地方。只不過，人們扛舞台或拉神轎，都是為了讓白天的御幸之路人聲鼎沸，這些活動與氏子參與的演出相同，都是後來才有的新活動。也就是說，安靜迎神的小祭典，才是比較古老的做法。

京都人稱這些熱鬧喧騰的遊行隊伍為「風流」。風流從京都的文化衍生，各地群起效尤，因此在美感方面，始終差了一點。為了與京都一分高下，鄉下地方的人們全力投入大祭，不過其他幾個小祭典並不會因此敷衍了事。不過，這都是村子內部人士才知道的訊息，唯有當地人才知道，外地來的人甚至不會發現。

自古以來，神明的移動工具總是十分樸素，有的是一串御幣[10]，有的則是一根淨化過的神木樹枝。人們認為神靈降臨之時，會附身於其上。直到今日，堅持傳統信仰方式的人，仍然會繼續這樣的信仰，人們認為神明即將前往祭典的庭院時，並不需要什麼暗示的聲響，重點在於祭典的準備工作，也就是自古傳承下來的程序及規則，如果人們滿懷自信，確認一切按照規矩來，完全沒有偷工減料，這時他們就能安心地等待神明降臨。古時候的人稱這些準備為「物忌」，這個名詞有點晦澀，也許各位不曾聽過，後來，佛教則使用「精進」一詞，不過祭典的精進主要是維持身體潔淨，食用魚肉或雞肉也無妨。最重要的只有一點——不可污穢烹煮食物的火源。

## 五

找遍全世界，也找不到像日本民族的神明這般，如此愛好潔淨，厭惡污穢的神明了。外國人也許很難理解什麼叫做污穢火源，其實很單純，只有一件事，當事人禁止接觸血污或喪事的穢氣，一旦與曾接觸穢氣者使用相同的火源，神明就不會再接近了。因此，到了祭典前一天，家家戶戶都會拒絕外來的人士，嚴格遵守「物忌」，然而，人群一多，犯禁忌的機率一定比較高，因此，那些必須在祭典工作的人，通常會到其他的地方住上幾天，禁足以恪守戒律。他們禁足的地方，也稱為精進屋或御籠所，有些御籠所是臨時搭建的小屋，有些則是將一間民宅淨化後再使用，有些地方也會搭建社務所或帳屋，不過，在這段期間，人們通常都在宮廟的拜殿裡禁足，這是大部分村落的做法。後來，人們因為工作的關係，愈來愈忙碌，於是禁足的時間愈來愈短。然而，不少村落的青年們仍然像最早那般，會在祭典前一夜，或是大前天的夜裡，抱著棉被來這裡禁足，這是因為大家都嚴格遵守祭典的物忌。老人及女性則會在祭典當天一大早過來，早上來的稱為日籠，因為御籠原本是指晚上的禁足。御籠的人們都會備妥潔淨的食物，帶來神酒，先把初穗[11]獻給神明，接著再各自享用他們的食物，同時也會跟隔壁的人們分享。也就是說，這是神明與人類的共同餐會，人們會感到一股難以言喻的喜悅之情，也是一段永遠難忘的回憶，會這麼想的可不只有我們這群少年少女。

村裡神社的小型祭典，原本全都是指這些御籠的日子，也是之前準備的那些節慶料理開盒、享用的日子，更是大人們開心飲酒的日子。若是在春光和煦的春末，山裡開著紫藤、杜鵑，田裡種著青麥、油菜，紫雲英盛開，雲雀高聲歌唱，更是愉快。於是農民將之稱為田植籠，而在農忙之前的小祭，成了人們最關注的一件事。除此之外，若是雨水來得恰好，則會舉辦雨籠或御濕正月，若是預期可能出現蟲害，則會舉辦蟲祭等臨時活動，不過禁足的方式都差不多。

年籠則是在除夕夜，即將迎接新年的夜晚，大家一起到神社禁足，由於這時十分寒冷，現在人多半只會在黎明之前前往參拜。相較之下，有些村子會在稍早之時，也就是冬至前後舉辦御火焚，在神社遼闊的院子裡，舉辦大型的焚火祭典，據說可能是祈求或邀請春日暖陽及早到來。一旦把火燒旺，村子裡的孩童都會聚集過來，接著脫光全身的衣服，玩相撲，不管是贏家還是輸家，統統有獎。其他的節供之日、每月的初一、十五，也許不是固定舉辦祭典的日子，不過村民們為了鞭策自己，多半會在相同的時間來參拜，為神社點亮燈火，獻上供品。關東地方則稱為御三日，除了初一、十五之外，二十八日也會來參拜。近來，每月初八也會有大批人潮來到拜殿，討論當地的大小事。這樣的活動比較類似人們自發祈願，懇求神明聽聽他們的祈求。

村子裡的居民倒也不是沒有屬於自己家的祭典活動，在鄉下，絕對不會發生獨自一個人進行御百度[12]的情況。若有人生了一場大病，全家、全族、親朋好友都會齊聚一堂；村子裡生了孩子，則稱為入氏子，在為產房除穢氣的同時，就會立刻抱著嬰孩去參拜，大聲地向神明宣讀嬰孩的名字，或是讓孩子在神明之前暫時睡一會兒，讓孩子啼哭。看來像是一戶人家的祭典，不過人們會從家裡帶來紅豆飯，放在山茶樹的葉子上，獻給神明，剩下的則分送少量給村裡的每戶人家，請大家當孩子的朋友。於是消息立刻就傳開來，這一天，許多都孩子會來到神社集合。除了與父母、兄弟同住的家裡，孩子們最熟悉的就屬神社的拜殿了。從滿月到出社會的那一天，只要有空，他們一定會來這裡玩。我們部落明神大人的神社，有一棵莫約三人環抱的老楊梅樹。我已經離開快六十年了，如今，村裡的孩子仍然在這棵樹下集合，據說仍然會趁楊梅尚未成熟之時，摘果實來吃，連我小時候都會這麼做。村裡的孩子與神社，仍然維持著與過去一樣的關係。

譯註1 過去市、鎮、村底下的區劃單位。
譯註2 指本州中部的九個縣。
譯註3 大規模的祭典。
譯註4 節句，一月七日、三月三日、五月五日、七月七日及九月九日為五大節句，秋季節句指九月九日。
譯註5 於大型祭典之際，立於鳥居前的大型旗幟。
譯註6 神轎的一種，或是祭典專用的移動小吃攤。
譯註7 一町約一〇九公尺。
譯註8 指奈良的大神神社。
譯註9 劃分時代的說法，指平安時代。
譯註10 神道祭祀的工具，將兩塊白紙或布垂掛在木棒的兩側。
譯註11 在收成之前，先把成熟的稻穗獻給神明。
譯註12 為向神明祈求，在一定的距離來回百次，膜拜神明的祈願方法。

# 魚服記

太宰治｜だざい　おさむ

---

在這麼寂靜的夜晚，山裡一定會發生不可思議的事。她聽見彷彿有人以斧頭鋸大樹，啪嚓啪嚓的聲響，也在小屋的門口一帶，聽見彷彿有人在洗紅豆，窸窸窣窣的聲音，還能清楚聽見遠方山林工作者的笑聲。

# 一

在本州的北端，有一座梵珠山脈。由於這是一道頂多三、四百公尺，起伏平緩的丘陵，所以在一般地圖上看不到它的影子。從前從前，這一帶曾經是遼闊無際的大海，也是義經[1]率領家臣拚命逃往北方亡命之時，打算遠渡蝦夷[2]之際，曾搭船行經此地。當時，他們的船撞上這座山脈，至今仍然留下撞擊的痕跡。據說山脈的正中央，有座隆起小丘的半山腰，也就是當時的痕跡。那是個大約一畝步[3]寬的紅土懸崖。

小山叫做馬禿山，據說是因為從山腳下的村子眺望懸崖，看似在奔跑的馬匹，不過事實上比較像是滄桑老者的側臉。

馬禿山山陰[4]處的景色相當美麗，因此夙負盛名。山腳下的村落，僅只少少二、三十戶人家，算是一個窮鄉僻壤的地方，然而，從流經村子邊陲的河流溯流而上，往上走兩里[5]，就能走到馬禿山背面，那裡有一座將近十丈[6]高的瀑布，落出一道白色的水柱。夏末至秋天，山裡的樹木就會化為美豔絕倫的紅葉，每逢這個季節，附近城市的人們都來這裡遊覽，山裡也多了幾分人煙。就連瀑布下方都開了小小的茶室。

今年夏季接近尾聲時，這座瀑布鬧出了人命，他並不是故意跳進瀑布裡的，這完全是一場意外。那是一名膚色白皙的京都學生，來這座瀑布採集植物。這一帶有許多罕見的蕨類，因此採集家經常來訪。

瀑布潭兩邊都是高聳的峭壁，只有西側有一方狹小的空間，山澗宛如啃蝕岩壁一般，從那裡湧出。由於瀑布噴濺的水花，峭壁總是潮濕滑潤，蕨類長在這道峭壁的各個角落，隨著瀑布的轟隆聲響，總是顫抖地擺動著。

雖然當時已經是正午過後，初秋的陽光仍然在峭壁正上方，留下明亮的光輝。學生徒手攀上這道峭壁，他抵達峭壁中央的時候，原本踩在一塊尺寸跟人頭差不多的石子上，瞬間石塊脆弱地崩塌了。他像是從懸崖剝落一般，咻地掉下來，半路撞上峭壁上的老樹枝。樹枝折斷了，他又隨著巨大的聲響，跌進水潭裡。

當時在瀑布附近的四、五個人，目擊了這個景象。不過，待在水潭旁茶室裡的十五歲女孩，看得最清楚。

他深深地沉進瀑布潭裡，接著上半身又筆直地躍出水面。雙眼緊閉，嘴巴微張。青色襯衫上有不少破損，採集背包還掛在肩膀上。

隨後，他很快就被拖進水底了。

## 二

從春季土用至秋季土用[7]，只要是天氣好的日子，馬禿山會升起幾縷白煙，大老遠就能看見。這段期間，山林的精氣充沛，最適合製成木炭，所以燒製木炭的人們也十分忙碌。

馬禿山有十幾間燒製木炭的小屋，瀑布旁就有一間，這間小屋跟其他小屋的距離特別遠。因為這間小屋的主人並不是當地人，然而茶室的女孩就是小屋主人的女兒，名叫諏訪，她跟父親一整年都在這裡生活。

諏訪十三歲的時候，父親用樹幹跟葦簾，在瀑布潭旁邊蓋了一間小小的茶室。擺了彈珠汽水、鹹仙貝、水無飴[8]，以及其他兩、三種駄菓子[9]。

當夏季即將來臨，山裡依稀可見少許遊客之時，父親每天早上都會把這些商品放進小提籃裡，搬到茶店。諏訪光著腳丫，叭嗒叭嗒地跟在父親後頭。父親馬上就回到製炭小屋了，留下諏訪一個人顧店。只要瞥見來遊山玩水的人影，她就會大聲地招呼客人：「來歇會兒吧！」因為父親叮嚀她要這麼做。不過，諏訪悅耳的聲音總是被瀑布的巨響掩蓋，通常客人頭都不回地離開了。一整天下來，還賺不到五十錢。

黃昏時分，父親會從製炭小屋，一身黑漆漆地來迎接諏訪。

「賣了多少？」

「什麼都沒賣。」

「哦，這樣啊。」

父親若無其事地嘟囔著，抬頭仰望瀑布。接著兩人又把店裡的商品收進提籃裡，回到製炭小屋。

這樣的日課會一直持續到降霜的時分。

即使將諏訪獨自留在茶室裡，父親也不擔心。因為她是山裡出生的堅強孩子，完全不用擔心她會在爬山時一腳踩空，跌進瀑布潭裡。天氣好的時候，諏訪會裸著身子，一直游到瀑布潭附近。游泳的時候，一旦發現看似客人的人影，她會活潑地撩起被太陽曬得褪成紅褐色的短髮，大叫：「來歇會兒吧！」

下雨的日子，她會在茶室的角落，蓋著草蓆睡午覺。附近有一棵巨大的青剛櫟，茂密的枝葉一直延伸到茶室上方，成了不錯的遮雨棚。

也就是說，之前諏訪一直眺望著瀑布濤濤的水勢，心裡期待著，每天落下這麼多水，總有一天，水一定會流光。同時一直思尋著，為什麼每天瀑布的形狀都差不多呢？

到了這陣子，她偶爾會陷入沉思。

她發現瀑布的形狀並不盡然相同。不管是水花飛濺的模樣，還是瀑布的寬度，都分分秒秒一直在改變。她也明白一個道理，瀑布不是水，而是雲。從瀑布口落下之後，便瀰漫著白色的雲霧，使她察覺這個道理。她心想，再怎麼樣水都不會這麼白。

那一天，諏訪也茫茫然地站在瀑布潭旁邊。那是個陰天，秋風毫不留情地打在諏訪的紅色臉頰上，把她的臉都吹疼了。

她想起從前的往事，父親曾經抱著諏訪，邊顧著炭窯，對她說了一個故事。有一對樵夫兄弟，叫做三郎與八郎，有一天，弟弟八郎在山澗裡捉到櫻花鉤吻鮭，帶回家裡，哥哥三郎還在山裡，於是弟弟趁哥哥回家之前，烤了一條吃掉了。他覺得太好吃了。又吃了第二條、第三條，怎麼也停不下來，最後終於全部吃光了。於是，他覺得口很渴，渴得受不了，他把井水全部喝光，又跑到村子盡頭的河邊，繼續喝水。喝著喝著，他的身上冒出一片又一片的鱗片。事後，當三郎趕到的時候，八郎已經變成一條恐怖的大蛇，在河裡游泳了。哥哥在堤防上，弟弟在河裡，兩人哭著互喊，「八郎啊」、「三郎啊」，卻也束手無策。

聽了這個故事，諏訪覺得很可憐、很難過，把父親沾滿炭粉的手指塞進她的櫻桃小嘴，哭了起來。

當諏訪從回憶中醒來，她詫異地眨著雙眼。瀑布正在低聲呢喃。「八郎啊，三郎啊，八郎啊。」

父親撥開峭壁上爬牆虎的紅色葉片，走出來。

「諏訪，妳賣了多少？」

諏訪沒有回答。她用力搓了搓她那被水花濺濕，泛著水光的鼻尖。父親沉默地收拾店面。

諏訪與父親一路撥開山路上的山白竹，前往距離約三町遠的製炭小屋。

「把店收起來吧。」

父親把提籃從右手換到左手。彈珠汽水的瓶子鏗鏘作響。

「過了秋天的土用，就沒人上山了。」

太陽正要西沉，山裡只剩下風聲。橡樹與日本冷杉的枯葉，偶爾會像冰雨一般，打在兩人身上。

「爸。」

諏訪從父親身後喚住他。

「你為了什麼活著？」

父親碩大的肩膀震了一下。他仔細端詳諏訪嚴肅的臉蛋，悄聲說：

「不知道。」

諏訪將手裡的芒草葉咬碎，說：

「不如死一死還比較乾脆。」

父親舉起一隻手。她本來以為自己要被甩巴掌了。不過，他又扭扭捏捏地把手放下來。看來他早已看透諏訪的激動情緒，不過他又想到諏訪差不多該是獨當一面的成熟女人了，這才忍了下來。

「哦，這樣啊。」

聽了父親那難以捉摸的回答，諏訪只覺得自己簡直蠢到極點，呸呸呸地吐出芒草葉，怒吼：

「笨蛋！笨蛋！」

## 三

中元節過後，茶室結束營業，諏訪最討厭的季節開始了。

這陣子，父親每隔四、五天就會背著木炭去村子賣。雖然可以請別人幫忙，不過，這樣要付給別人十五錢或二十錢，是一筆不小的損失，所以他留下諏訪一個人看家，前往山腳下的村子。

在藍天的好日子，諏訪會在看家的時候出門找香菇。父親製作的木炭，一袋能賺個五、六錢就不錯了，光靠這點錢可沒辦法過日子，所以父親也會要諏訪去採香菇，由他帶去村子賣。

有一種叫做滑菇，黏呼呼的迷你香菇，價格非常好。這種香菇總是叢生在蕨類密集的朽木上。諏訪凝視著朽木上的青苔，憶起她唯一的朋友。她總是喜歡把青苔灑在裝滿香菇的籃子上，帶回小屋。

要是木炭或香菇賣了好價錢，父親一定會渾身酒氣地回來。偶爾他也會給諏訪買些有鏡子的紙錢包或一些小東西。

因為秋天的強風，這天一大早，山上已經一片狼藉，小屋的簾子也被吹得歪七扭八。父親大清早就下山，去村裡了。

諏訪整天都窩在小屋裡。她難得地綁起頭髮。她把父親買給她的，畫著海浪圖案的丈長[10]綁在捲捲的髮根。接著燃起雄雄的篝火，等著父親回來，她聽見樹木婆娑的聲響，偶爾夾雜著動物的叫聲。

太陽即將下山之時，她一個人吃了晚餐，並在黑黑的飯裡拌入味噌後，就這麼吃了。

入夜之後，風停了，愈來愈寒冷。在這麼寂靜的夜晚，山裡一定會發生不可思議的事。她聽見彷彿有人以斧頭鋸大樹，啪嚓啪嚓的聲響，也在小屋的門口一帶，聽見彷彿有人在洗紅豆，窸窸窣窣的聲音，還能清楚聽見遠方山林工作者的笑聲。

諏訪一直等著父親回來，披著稻草棉被坐在火爐邊睡著了。半夢半醒之間，她偶爾感到有人拉開門口的葦簾，往裡面窺探。她心想，應該是那些樵夫，於是動也不動，假裝睡著了。

借著尚未燒盡的篝火餘光，她看見白色的物體輕飄飄地飛進入口的玄關處。是初雪！她如夢似幻地，感到雀躍不已。

好痛。身體好像痲木一般，十分沉重。接著，她聞到腐臭的氣息。

「笨蛋！」

諏訪短聲一叫。

她不明所以地往外跑。

暴風雪！大量的雪花打在臉上。她忍不住一屁股坐下來。轉眼之間，頭髮和衣服都變成一片雪白。

諏訪起身，呼吸困難，劇烈地喘息著，瘋狂地再度往前走。強風把她身上的衣服吹得皺巴巴。她不停地往前走。

瀑布的聲音愈來愈大。她堅決地往前走。用手心抹去鼻水，抹了好幾次。這時，幾乎在她的腳底正下方，傳來瀑布的聲音。

從狂風呼嘯的冬季落葉林間隙裡，她低聲說：

「爸！」

縱身一躍。

# 四

醒來之後，她發現四周有點昏暗。隱隱約約可以感到瀑布轟隆隆的震動。她的腦海一直都能感受得到。她的身體隨著聲響，載浮載沉，全身冰冷，冷徹心脾。

「哈哈，這是水底啊。」當她想通這件事，心裡頓時舒坦多了。爽快多了。

尖角。

她突然伸長雙腿，發現自己輕快無聲地往前進了。鼻頭差點碰上岸邊的岩石

大蛇！

她覺得自己變成大蛇了。她自言自語地說：「好高興啊，再也不用回小屋了。」鬍鬚也跟著大幅移動。

她成了一條小鯽魚。其實只是掀動嘴巴，移動著鼻頭的小瘤罷了。

鯽魚在瀑布潭附近的水中游來游去。牠張開胸鰭，快要浮到水面之際，又突然用力擺動尾鰭，深潛入水底。

牠在水中追逐小蝦，躲在岸邊的蘆葦叢生處，吸食岩石上的青苔，盡情嬉戲。

後來，鯽魚一動也不動了。偶爾，牠會輕輕擺動胸鰭。牠在想什麼呢？牠就這樣待了好半晌。

牠終於擺動身體，筆直往瀑布潭的方向游去。下一秒，牠宛如一片樹葉，被吸進漩渦裡。

譯註1　源義經，一一五九—一一八九，平安時代末期的武將。
譯註2　古時日本對北海道的稱呼。
譯註3　日本舊制的土地計算單位，大約為三十坪。
譯註4　被山遮蔽的部分。
譯註5　一里約為三・九公里。
譯註6　一丈約三公尺。
譯註7　土用是獨立於二十四節氣之外的雜節，在立春、立夏、立秋、立冬前的十八天。春季土用即為立夏前十八天。
譯註8　以麥芽糖為原料製成的糖果點心。
譯註9　舊時代的傳統零食。
譯註10　女性梳髮髻時使用的飾品，以和紙製成。

# 百物語

森鷗外｜もり　おうがい

所謂的百物語，指的是聚集許多人，豎起一百根蠟燭，每個人說一個鬼故事，說完之後吹熄一根蠟燭。據說當一百根蠟燭全部熄滅之時，真正的鬼怪就會現身。

那一年，因為某些原因，川開[1]延到盛夏之後，我記得應該是川開那天發生的事。畢竟我的年紀也大了，記憶有點曖昧不清了，不過，也許是因為這個緣故，有些細節經過渲染，反而模糊了、混濁了，卻又染上強烈的色彩，成了躺在我腦海中那個收藏著老朽想像的儲藏室角落。

這當然是我第一次的經驗，不過後來再也沒遭遇過，應該可以說它是我這輩子唯一的一次經歷吧。這個經歷就是我曾經參加的百物語活動。

我明白我不應該用小說來說明，不過每個人都擁有自戀的特質，萬一這篇小說被翻譯成歐洲某個國家的語言，躋身世界文學之列，屆時為避免外國讀者難以理解，作者只好出此下策，唐突地從說明開始，寫起這篇小說。所謂的百物語，指的是聚集許多人，豎起一百根蠟燭，每個人說一個鬼故事，說完之後吹熄一根蠟燭。據說當一百根蠟燭全部熄滅之時，真正的鬼怪就會現身。就像伊斯蘭僧人一邊甩頭，嘴裡唸唸有詞，「阿拉，阿拉」，竟能立刻見到神明似的，刺激神經的話，是否能造成暫時性的幻覺與幻聽呢？

邀請我參加這場活動的是平常愛好攝影的蔀先生，他的衣著總是乾淨整齊，不管是服裝還是配件，都十分入時。有一回，他看到我嘗試撰寫劇本，便說了這些話：「你寫的東西，看起來好像不太符合常規，建議你偶爾去劇場看個戲吧！」儘管他親切地提出建議，不過他似乎完全沒發現，我就是想破壞所謂的常規。總之，我的嘗試最後以嘗試劃下句點，完全沒有一丁點成效，後繼者不斷推出打破常規的作品，如今，戲劇的形象已經呈現大幅的變化了。總之，面對扭曲的時代，不抱著先進的想法，也不打算理解，似乎是蔀先生的特色。由於我們的交情也不怎麼深厚，已經好久沒聯繫了，對於他欣然接受一切穩健的現況，並且樂於其中的生活，如今我依然欣羨不已。應該可以說蔀先生是下町[2]的小老闆中，最聰明的人。

這位蔀先生在川開的前一天正午過後，來到我家，說是明天川開要行經兩國，往上游走，在寺島舉辦百物語活動，問我要不要去看看。我問他：「主辦人是誰？又沒人邀請，我們可以自己去參加嗎？」他說：「哦。是那個飾磨屋先生辦的。他本來就想把活動辦得熱鬧一點，聽說有人沒辦法參加，臨時參加也沒問題哦！不過我想你可能不方便去吧。兩、三天前，我跟勝兵衛先生碰面的時候，已經先跟他提過這件事了，說是也許有機會把你帶去。雖然我可以跟你一起去，不過我還要跑外務，請你先行前往。」

我先問了時間與集合地點，正好也沒安排其他活動，心裡又想，也不知道是什麼活動，去看看吧，出於好奇心，在講好的三點半左右，我去了柳橋的船家。天氣還有一點燠熱，吹著不怎麼強的南風，倒是還滿舒服的。船家的位置應該在現在已經拆除的河岸，正好在龜清[3]的對面，我想大概叫做增田屋吧？

主辦人似乎為了這個日子，包下位於位置最醒目的船家，而且那間屋子比附近絡繹不絕的人潮更擁擠，不管是樓上還是樓下，每間房間都擠滿了客人。有人帶我直接走上二樓，我環顧整間房間，全都是我不認識的男人，我認出一臉白鬚的依田學海[4]先生，他穿著深藍底白織紋的銘仙[5]便服，披著薄外套，坐在那裡。依田先生面前，恭敬地坐著一名打扮非常時髦，身材微胖的青年，兩人正在聊天。

我向依田先生打聲招呼，在稍遠的地方找個位置坐下來。河風透過簾子吹進來，儘管擠滿了人，卻也不覺得悶熱。

我姑且聽著依田先生與青年的對話，得知青年是壯士俳優[6]。俳優迎合依田先生，說些：「未來，俳優必須博覽群書才行。」之類的話。他說話時的態度，與他所謂的讀書，給我一股極不協調的感覺，儘管我是一個愛管閒事的人，也只能在一旁聆聽與微笑。同時，博覽群書一詞，勾起我一段極為可笑的回憶。從前，我在某個地方欣賞傳統俳優的世話物[7]，一名好像色若眾[8]的演員說：「來博覽群書吧！」接著拉過書桌。這時，正好有名美麗的年輕女子，端著淡茶之類的東西登場。那名若眾心不在焉，露出看不下書的模樣，正好適合博覽群書這種惺惺作態的詞彙，沒想到竟然能在舞台以外的地方，看到同樣滑稽的戲碼。

不久，我發現一件事，心不在焉的不只是壯士俳優對依田先生的談話內容。在兩樓集合的這麼多人，全都不怎麼說話，偶爾有人說點什麼，其他人也都心不在焉。儘管大家都是由同一個人邀請到同一個地點的賓客，卻像是共搭一輛馬車、或是恰巧搭同一班船的人，每一個人之間，都沒有所謂的共通點，大家口中頂多只能說出時節的問候，就像敲敲發條鐘，秒針稍微往前走一下，旋即靜止，大家的對話完全不持久，很快又恢復原本的沉默。

我正想對依田先生說點什麼，不過我同樣只能想到一些心不在焉的話題，終究是沒開口。於是我盯著那些人的臉瞧，不管是哪個客人，似乎都天馬行空地想著自己的事。雖然大家都是被找來參加百物語活動的人，但百物語卻早已是過去的遺物，儘管是遺物，實體早就不存在了，只剩下虛名。客觀來說，從前原本就是將幽靈的故事，加油添醋地加上虛構的情節，營造剎有其事的主觀，如今全都消失了。不管是怪談還是百物語，講故事這件事情本身就如同易卜生[9]的《群鬼》（*Gengangere*），因此，沒有吸引人心的力量，也沒有妨礙客人天馬行空亂想的力量。

正當眾人與我都在發呆之際，一名看似工作人員的男子來了，他引導大家上船。在船家專用的棧橋上，停泊著五、六艘有屋頂的船，於是，樓上樓下的人全都出來搭船。這時，可以瞥見一個紅色友禪[10]衣袖，那是一名高聲呼叫朋友的藝妓：「我們一起搭吧，來這裡嘛！」不過，大部分的賓客都是男性，似乎沒看到其他女性。等到大家都上船之後，我還是不知道主辦人飾磨屋在哪裡，而且我也沒看到郡先生。

即使船家二樓的門窗統統打開，在擠滿客人的情況下還是相當悶熱，等到船往前划，反而十分涼爽，極為舒適，這時河面還沒看到欣賞煙火的船隻，倒是沒見到擁塞的情況。我搭的那艘船，划船的是一名年約四十左右的船夫，他的臉有如被手垢染黑的象牙吊飾，露出一本正經的表情，不斷機械化地移動他的手腳。既然是飾磨屋，肯定熱情地塞了不少小費，在他的臉上卻看不見一絲喜悅之情。也像是在說：「我才不管你們要幹什麼蠢事。只要划我的船就好。」

我盤腿坐在包著布邊的草蓆上，脫掉草帽，拿出手帕擦拭額頭的汗水，環顧船裡人們的臉龐。離開船家的屋子，在上船的過程中，似乎混入不少原本在其他房間的客人，出現許多剛才沒見過的臉孔。依田先生似乎搭了另一艘船，現在終於連一個我認識的人都沒有了，剩下好幾張我不認識的臉龐，跟方才在二樓看到的時候一樣，於是我發著呆，天馬行空地想著自己的事。

船上備有酒水小菜，不過每一艘船似乎都沒安排什麼類似要端到主辦人面前的周詳計畫吧，也沒有人幫忙么喝、勸大家喝酒。剛開始出於習慣，所有人都很客氣，沒人動手，大家只是大眼瞪小眼。這時，有個穿著結城綢[11]單衣[12]，披著縞絽[13]外衣，年約五十的紅臉男子說：「菜都端上桌了，大家請用。」同時伸手拿起酒杯，眾人這才出手取過酒杯，拿起竹筷，開心地吃吃喝喝。不過，大家談話的內容，仍然僅止於時節的問候。「這種天氣再繼續下去，米種得出來嗎？您覺得如何？」、「對啊！米價大概又要暴跌，景氣又要衰退了吧？」、「那可不成，願天下太平。」大概是這樣的對話。

我待的位置正前方就是划船行進的船尾，那裡坐著兩名藝妓。一名理平頭，穿著未染色繭綢[14]的陰紋[15]褲裙，看似能劇演員般的男子，不知道在說什麼，跟藝妓說著玩笑話，高聲談笑著。

船順著西河岸往上游前進，來到廄橋前方，每回經過倉庫的水門外，湧入的潮水會將垃圾送到這邊的水面，稻草、木屑、傘骨、壞掉的便壺在水面飄浮，海鷗則不以為意地在其間隨著波浪擺動。船隻在諏訪町河岸一帶稍微往河川中間靠攏。吾妻橋上站了許多人，他們俯視著河川，正當我搭的船經過時，其中有名書生[16]大罵：「笨蛋。」

我想船應該是在木母寺一帶靠岸。這時風勢正巧停歇，岸邊的蘆葦葉文風不動。我望向對岸的方向，充滿水蒸氣的灰色空氣，模糊了橋場人家的輪廓。從堤防下方到水邊，有一條狹長的通道，這時船隻不斷靠岸，有人先把鞋子送到陸面。每一艘船都盡可能地擠滿了客人，雖然能看見藝妓的小巧雪駄[17]，但大部分的客人穿來的都是常見的低齒木屐，實在很難分辨。比較正經的人光著腳下船，四處翻找自己的木屐，這時，不拘小節的人就隨便套上一雙走了。出於無奈，我只好盡量等到最後才離開，穿上剩下的木屐，結果是一雙木齒已經磨歪，很難走的木屐。我事後才聽說，飾磨屋聽說大家穿錯鞋的事，便送了新木屐給所有的客人，不過可能是擔心送我鞋子太失禮，所以沒有送給我。

工作人員肯定在最早抵達的船上，為大家引路吧！每一艘船靠岸，那艘船的人就要找鞋子，他們還來不及離開，下一艘船的人已經登陸了，於是人們沿著狹窄小路走上堤防，經過堤防的農地，朝向寺島村內，某某人的別墅前進。客人斷斷續續地往前走，即使人龍中斷了，只要跟著前方的背影，倒也不至於跟丟。我拖著木齒已經歪斜的木屐，走在田畔、籬笆之間的小路，總算抵達目的地。

那是一間一路走來，似乎已經看過好多次的小屋子。周圍環繞著高大的籬笆，矗立著冠木門[18]。走進門裡，對面就是老舊髒污的老屋玄關，在玄關的路上，左右兩側是比外圍還低，以光葉石楠籬笆劃出的道路，地面不規則地鋪著長方形的花崗石。背對著我走在前方，偶然成為前導人員的人，已經平安無事地接近玄關，這時，在大門與玄關的中間，左側光葉石楠籬笆中斷的地方，跑出兩名手牽著手的藝妓，縮著脖子走出來，嘴裡說著：「好可怕呢！」我問她們：「有什麼東西嗎？」結果兩人同時毫不客氣地望著我的臉，表情極為冷淡，流露出「什麼啊？來了個什麼都不知道的傢伙呢？」的神情，往玄關的方向走去。我突然想到一件蠢事，從前的名君珍視一顰一笑，不過這些人應該只是在修練不能笑的功夫吧？一邊想著這件事，我倒也不是迫切想要確認方才嚇到那些女孩的是什麼，總之我從籬笆中斷的地方走進去瞧瞧。

稍微往深處走，有一個平常用來擺放盆栽或掃箒的小儲藏室。因為被遮住，有點昏暗，我沒辦法看清儲藏室的深處，往裡面窺探，看到有個好像用茅草紮成的物體，與真人一般大，披散著長髮，脖子套著白色和服的幽靈。那是當時怪談師參加酒宴時，把燈光關掉之後，帶到客人之間展示的現成幽靈，我有預感，原來百物語就是這回事啊！好像被人耍了呢！於是我又走回來。

走上玄關的時候，我看到正前方有個三張榻榻米大小的房間，兩名男子站在裡面，忙著交頭接耳。「怎麼會這樣。」、「就是因為這樣，所以我才說不能讓那些搭船的人帶來啊！現在只能擺燭台湊數了。」他們講的大概是這樣的內容。應該是後台的工作人員吧？儘管我站在那裡，兩個人也毫不介意地往裡面走去。

這時正好有一名男子探頭出來往外瞧，又默默地縮回去了。

我正在想該怎麼辦才好，在那裡站了一會兒，右邊的紙門傳出亮光，而且也有人聲，於是我往那邊走。那是一間莫約十四張榻榻米大小的客廳，南側有修剪得古色古香的松樹，也有雪見燈籠[19]，庭院還有池塘，視野相當良好。在這間客廳裡，擠了二十幾個客人，仍然維持在船家與船上相同的狀況，話不投機半句多。不管是哪張臉，都露出期待或是好奇心之類的緊張表情。

當我踏入房間時，入口附近有個蓄長鬍鬚，穿著紗質道袍，身材中等的老爺爺說：「蚊子好多吶。」隔壁的年輕男子說：「這是斑蚊，點燈之後就不會再來了。」那聲音有點耳熟，我仔細一瞧，原來是蔀先生，蔀先生也同時認出我來。

「嗨，你來啦。你還沒見到飾磨屋先生吧。我幫你介紹。」

說著，蔀先生先起身，接著不停說：「不好意思，不好意思。」從人潮裡鑽出來，走向與入口反方向的格子窗。我默默地跟在他後頭。

蔀先生帶我走到格子窗下方，那裡有個模樣跟其他賓客顯然不同的男子。明明客廳裡十分擁擠，那個人身邊卻有很多空位，我站在入口的時候就發現了。他的年紀大約三十左右吧，膚色蒼白，臉型修長，好像已經有一陣子沒剪頭髮了。身上穿著樸素的直條紋、灰色調中彷彿帶點淺藍色的單層和服與褲裙，略往前屈地坐著。眼睛彷彿熬夜的人似的，有點血絲，他不太關心周邊的事物，多半凝視著正前方，在男人身旁稍後方處，有一名女子隨侍在側。女子的打扮也極為樸素，儘管她穿著當時流行的織紋御召縮緬[20]單層和服，腰帶及帶止[21]似乎都用心挑選不起眼的搭配，以淺鼠灰色為基調，對一名看似不到二十歲的女性來說，她的穿著幾乎讓人覺得異常。身高、體型中等，圓圓的臉蛋十分可愛。她梳著銀杏返髮髻[22]，插著一枝不曾出現在身上的大紅色六分珠[23]金簪，髮量豐盈，鬢角垂落的髮絲落在她低著頭的臉頰上。看起來是個好女人，因為在她身上，完全看不到尖銳、明顯的線條，也沒有什麼傲氣。乍看之下，我對這男人及身邊女子的第一印象，感覺彷彿病人與看護的關係。

蔀先生把我帶到男子面前，報上我的名字，男子只看了我一眼，沉默又客氣地向我行禮。蔀先生不曉得跟誰聊天去了，於是我獨自來到簷廊，曾幾何時，天空已經披上一道薄雲，我望著黃昏的天色，一邊思考方才見到的飾磨屋這號人物。

人們說他是現代紀文[24]，早在很久之前，報紙的社會版就經常刊登他揮金如土的行徑。例如今天的百物語活動，可以說是十分新潮，無視時代風尚與社會狀況的大膽作為。

找人來參加百物語活動，到底是怎麼一回事呢？出於好奇心，我對這樣的男人，多少也抱著幾分好奇。我確實在幻想之中，勾勒出飾磨屋這名男子的形象，至於我對他有什麼想像呢？倒是沒辦法詳細地回答。然而，說得不客氣一點，我認為百物語的主辦人應該是不正常的人物，如果要說得更詳細一點，大概是個瘋狂的人吧！我從來都不曾想像，實際見面之後，竟是名陰鬱的人物。很久以後，我讀了高爾基[25]的《福瑪・高爾傑耶夫》（*Фома Гордеев*），如果飾磨屋像福瑪那樣，把客人扛起來，扔進隅田川裡，說不定我還不覺得意外呢。

飾磨屋究竟是什麼樣的男人？從新聞報導及朋友聊天的八卦話題中，得知他家庭的關係錯綜複雜，不過我對那些事完全不感興趣，也不曾放在心上。然而，我倒是不怎麼懷疑，這個人為了某些原因感到煩悶，或是現在也處於煩悶的狀態。通常一般人在煩悶、自暴自棄的狀態下，揮金如土、奢華無度，表示他想追求強烈的感官刺激，藉此痲痺自己的意識。這樣的人，一定處於近乎瘋狂的狀態。然而，飾磨屋似乎不太一樣。他那陰鬱的態度，到底是從何而來？眼裡的血絲，看來也不像夜夜笙歌造成的，而是陷入深思，夜不成眠造成的結果吧？若是硬要推測，主辦人早就知道這場百物語活動終究是一場鬧劇，以他那爬著血絲，看似人性也看似魔性的目光，冷徹地看著那些貪圖美酒佳餚而來的客人，或是理性被迷信之霧蒙蔽，在幼稚好奇心的驅使之下，想來見識可怕之物的客人。即使我浮現這樣的想像，那想法也轉瞬消逝，我持續思考，愈來愈覺得飾磨屋這名男子是個有趣的研究對象。

於是當我尋思著飾磨屋這名男子的同時，怎麼也無法把隨侍在男子身旁的女子拋出腦海之外。

飾磨屋與太郎的交情匪淺，大概是舉國皆知的事實了。然而，太郎是東京最美麗的藝妓，人們應該印象更加深刻吧！尾崎紅葉[26]拍攝那張拄著下巴的照片時，眾人都說他在模仿太郎，可見太郎的照片已經廣為流傳。雖然我是因為紅葉才想起來的，不過今天並不是我與這位藝妓的第一次見面。

我想大約是在當時的兩年前，湖月有一場宴會，一去之後，我發現以紅葉為首的硯友社[27]成員，佔了賓客的大多數。那是一個壁龕插著梅枝與水仙的寒夜，更深夜靜之時，紅葉曲肱為枕，躺在火盆邊睡著了。不過紅葉本來就是一個喜歡裝睡的人，也不知道是真睡了還是假睡。我突然朝壁龕望去，與會者大部分都穿著直條紋的服裝，唯獨長田秋濤[28]穿著黑羽二重[29]的紋付[30]，非比尋常的盛裝打扮的他，倚在壁龕旁邊的柱子上，以下巴豐腴、氣色紅潤的臉孔，向坐在自己面前的年輕藝妓說話。那位藝妓的身體稍微往前屈，低聲、安靜地以少女嬌柔的方式說話，梳成島田髻[31]的秀髮，豐潤的雙頰，十分惹人憐愛，所以我向身邊的人打聽她的名字，那人非常驚訝地回答：「你還不認識太郎嗎？」

當時，我就覺得太郎沒有藝妓的氣質，今天一見，對她的印象又有很大的轉變，儘管如此，她依然沒有藝妓的氣質。之前天真無邪、少女般的嬌柔已經不復存在，當時她在溫婉之中始終面帶微笑，如今，在她的臉上已經鮮少看見笑容。明明是一個打扮相當時髦，總是把和服搭配得非常好看的女性，為什麼看起來就是沒有藝妓的氣質呢？還是說，她看起來像是一個豪邁的夫人呢？這種說法也不太妥當。總之，方才我進來的時候，那股第一印象仍然揮之不去。乍看之下，他們像是病人與看護。就是那一瞬間的印象。

我呆呆地站在簷廊，這時，有人將燭台運到我背後的客廳裡。雖然那是一個還沒有電燈的時代，寺島村還沒接瓦斯管線，不過，刻意不用煤油燈，而使用蠟燭，也許是為了今夜特別安排的巧思吧。

燭台擺好之時，接著有人送上巨大的盆子。盆子裡擺滿壽司。穿著道袍的老先生說：「欸，還真用心呢！」他身旁的年輕男子又補充：「要我們當成湯灌的臉盆吧。」接下來，立刻有人端出放著杓子的小形手桶[33]。手桶中冒出滾滾熱氣。方才的年輕男子大叫：「啊，是閼伽桶[34]。」在他所謂的閼伽桶中，泡著以麻袋包裝的番茶[35]。

這時，一名我曾在玄關碰見的工作人員，在客廳正中央坐好，說了一句開場白：「在這邊，想跟各位說幾句話。」形式上地向大家打聲招呼。內容大概是抱歉讓大家久等了，我們準備時多花了一點時間，喜歡一般白飯的人，我們也有準備便當，請大家到另一個房間享用云云。大家一起吃了壽司、喝了茶，我的份是蔀先生放在半紙[36]上取來的，所以我蹲在門檻上吃了。「我去幫你端茶吧。臉盆跟手桶都是全新的。」蔀先生像在解釋一般，說了這句話，就去倒茶了。不過，他其實不需要對我解釋，我並不是一個會在乎盛裝食物容器那種神經質的人。

我的目光離不開主辦人夫婦，不對，他們還不是夫婦，不對不對，還是稱他們為夫婦好了，我只有在背對客廳，望著暮色庭院沉思的那段時間，才把目光從主辦人夫婦身上挪開。我望著客廳的期間，目光怎麼也無法從兩人身上移開。儘管賓客都在進餐，兩人卻動也不動，一直待在原地。主辦人的褲裙折痕完全沒變形，一直略往前屈地坐著，沒對任何人說話，眼神始終直視正前方。太郎隨侍一旁，也沒露出無聊的神情，不管發生什麼事都不曾露出笑容，經常從旁邊窺探先生的表情，揣摩他的心情。

我把背倚在拆下紙拉門的柱子上，蹲坐在門檻上，大啖海苔捲壽司，假裝看外面，其實一直在觀察飾磨屋。我因為天性及習慣等種種關係，不管走到哪裡，都像個旁觀者。在西方的時候，曾經有一段期間，與一名非常親切的老爺爺學者共處。因為那個人罹患不治之病，一輩子都孤家寡人。因此，他從來不曾參加舞會。有一次，我們談到舞會的事，有個人向我說明舞會之於社交的重要性，叫我一定要學跳舞，我就自己的觀察，認為舞會是早期老掉牙的舊習俗，夾雜著可笑的故事，列出舞會的弊害，進行攻擊。當時，老爺爺沉默地傾聽，說了這句話。「由於我是這樣的身體，所以從來沒參加過舞會。每次看到有人跳著我自己沒辦法跳的舞步，我總覺得對方不像是人類，而像是神明了，我只能用目光追逐著他呢！」老爺爺說話的時候，臉上帶著一抹淡淡的微笑，不過那絕計不是冷酷、嘲諷的微笑。於是，我深深地、深切地反省了自己天生就是旁觀者的事實。我並未罹患不治之病。我是個天生的旁觀者。早在跟其他小孩一起玩耍，或是長大成人，參加社交上各種階集的聚會之後，不管我多麼感興趣，總是不會投身於漩渦之中，打從心裡享樂。即使我曾站在人生這場戲的舞台上，卻不曾扮演過任何一個角色，頂多只是跑龍套的。沒登台的時候，則如魚得水，以旁觀者的角度，安心地待在旁觀者的位置，那是我覺得最自得其所的時候了。我抱著這樣的態度，研究著飾磨屋這個男人，愈來愈覺得自己像是他鄉遇故知，那是一種旁觀者認出旁觀者的心情。

我不清楚飾磨屋過去的人生。那男人雖然在年輕時繼承鉅額財富，不過沒有人會告訴我，當時他抱著什麼志願，又想要挑戰什麼活動。然而，自從他熱中於與藝妓往來，成為人們口中的現代紀文之後，已經過了一段很長的歲月。就我的觀察，飾磨屋應該跟我不一樣，不是一個天生的旁觀者。總之，他現在的確已經成為旁觀者了。不過，事實又是如何呢？難不成他跟我在西方時認識的那名亦師亦友的學者差不多，都有天生的缺陷嗎？這樣看來，飾磨屋也許曾在某些情況下，受到無形的創痍，無法痊癒，才會成為旁觀者吧？

如果這個推測為真，飾磨屋為什麼要舉辦今夜的活動？世人謠傳飾磨屋可能已經破產云云，畢竟他任性妄為地揮霍無度，已經持續了很長的時間，說不定他真的破產了。儘管如此，舉辦這場活動卻能讓他立刻化身為富裕的主辦人，也許是出於以前那種凌駕於他人之上，傲視整個社會那種生活的惰性吧？由於那股惰性，他依然從事這樣的活動，有如創作者同時帶著批判者的眼光來看自己的作品，如今，以旁觀者的態度來看自己過去榮華的痕跡吧？

我的心念一轉，又來到太郎身上。她到底是什麼樣的女人？就連我這個幾乎活在另一個世界的人，都能耳聞破產的流言，像她這樣聰慧的女性，怎麼可能沒發現呢？連蝨子都懂得從臨死病人的身上離開，為什麼她不肯離開？如今，飾磨屋的情況又是如何？他是旁觀者嗎？女性多半不喜歡旁觀者。這是因為在旁觀者的身旁，無法獲得生活或是生活的樂趣。這樣一來，究竟又是為了什麼呢？我的腦海中再度浮現病人與看護的印象。耗上女人的一生，當個不求回報的看護，而且看護就是自己生活的唯一內容，有人肯做出這麼大的犧牲嗎？如果她被夫妻的義務綁住，遭受易卜生所謂的幽靈詛咒，則又另當別論，不過她並不是。再假設她受到戀愛欲望之鞭的驅策，那又是另一個問題了，但這是她面對的情況嗎？我想還有一些值得置喙的餘地。這樣看下來，在沒有財產，沒有生活的樂趣，沒有義務，也不是戀愛的情況下，那女人的犧牲奉獻實在多得叫我大吃一驚。

我想著這些事，吃完壽司後，拿著還剩下生薑塊的半紙，茫然地望著兩人的方向。這時，一名看似工作人員的男子來到飾磨屋身邊，在他的耳邊低聲說了幾句話，方才還像個人偶，動也不動的飾磨屋，突然起身走到後面去了。太郎也跟在他的身邊，走進去了。

過了一會兒，鄗先生來找我，蹲在簷廊說：「剛才，依田老師在那邊的房間用完便當之後，說他已經留下怪談，所以要回去了，飾磨屋先生去送他。現在已經不會熱了，等一下會請人把紙拉門裝起來，雖然窄了點，要請大家在這裡集合，開始講怪談了。」自從我剛才開始打量飾磨屋之後，發現他陰鬱的表情，也花了一段時間，看著那男人連眼睛都不眨一下，一直坐在原地的模樣，我心底始終覺得他好像瞧不起眾人。這股感覺愈來愈銳利，有一瞬間，我甚至覺得他的眼神像是惡魔。儘管如此，聽了蔀先生說他現在要去送依田先生，不知怎地，這股感覺突然緩和多了。我告訴蔀先生，自己也差不多該告辭了。剛開始，我只是好奇百物語到底是什麼樣的活動，好奇主辦的飾磨屋是什麼樣的人物，現在，我的好奇心差不多多已經滿足，再加上我完全不打算聽他請來的表演者說那些古老的怪談，最後，蔀先生也沒有慰留我。

這也不是什麼非向主人正式告辭不可的場合，幸好來參加的賓客中，沒有我認識的人了，於是我默默起身，穿上下船時被人換走的，那雙木齒已經磨歪的舊木屐，一派輕鬆地離開鬼屋。在眼睛適應昏暗的天色之前，我舉步維艱地走在黃昏的田間小徑，路旁的草叢裡，隱約發出蟲鳴。

＊　＊　＊

兩、三天後，我與蔀先生見面，我問他：「後來怎麼了？」蔀先生說：「你回去的時候，就是最好的時機了。我們聽了一會兒怪談，後來聽說飾磨屋先生不見了，一找之下才知道，他已經帶著太郎上去二樓，聽說他命人掛起蚊帳，睡覺去了。他倒不是個會做出失禮事的人，不過他不在乎別人的看法，所以這也很正常。」

我心想，所謂的旁觀者，還是多多少少有點瞧不起人的成分吧！

譯註1　初夏時分，開放在河面搭架臨時露台，施放煙火的祭典。

譯註2　都市中較低的地方，通常是庶民聚集之處。

譯註3　龜清樓，日本料理老店。

譯註4　一八三三—一九〇九。漢學家、戲劇評論家、劇作家。

譯註5　以絲織品製成的和服。

譯註6　自由黨壯士劇場的演員，目的為宣揚政策及改良傳統戲劇，俳優指戲劇演員。

譯註7　淨瑠璃、歌舞伎的題材，類似當時的時裝劇。

譯註8　若眾指未削髮、未成年的男性角色，色若眾則為賣色的若眾。

譯註9　Henrik Ibsen，一八二八—一九〇六。挪威劇作家。

譯註10　手工染布的技巧，指友禪衣料製成的和服。

譯註11　茨城縣、栃木縣生產的絲織品，堅固、耐用，是一款非常高級的衣料。

譯註12 沒有內裡的和服。
譯註13 直條紋的薄透夏季織物。
譯註14 以野蠶絲織成的綢。
譯註15 以輪廓線描繪的紋章，多為略式禮服。
譯註16 半工半讀的學生。
譯註17 表面貼著皮料，可以防水的木屐。
譯註18 以橫木銜接兩根門柱，沒有屋頂的門。
譯註19 一種低矮的石燈籠。
譯註20 一種高級的平織縮緬布。
譯註21 固定和服腰帶的裝飾品。
譯註22 幕府末期到明治年間，江戶女子常見的髮型，髮髻形狀像銀杏的葉片。
譯註23 一・八公分大小的珠子。
譯註24 指江戶時代的富豪紀伊國屋文左衛門。
譯註25 Максим Горький，一八六八—一九三六。俄國作家。
譯註26 一八六八—一九〇三。日本小説家，代表作《金色夜叉》。
譯註27 明治時期由尾崎紅葉、山田美妙、石橋思案組成的文學結社。
譯註28 一八七一—一九一五。日本劇作家、翻譯家。
譯註29 黑色的羽二重，羽二重是使用優質生絲製成的高級絲織品，平滑有光滑，多用於正式的禮服。
譯註30 有家紋的正式禮服。
譯註31 日本女子的髮型，也是未婚女性與花柳界女子最常見的髮型。
譯註32 人死之後，以熱水為死者淨身的儀式。

譯註33 有提把的水桶。

譯註34 盛裝功德水，供在佛前的銅製水桶。

譯註35 品質較低劣的粗茶。

譯註36 將一張和紙裁成半張的大小。

# 附錄二
# 傳說分布表

這個部分就本書（上下冊）中提及的傳說，已知町、村名的部分，製成列表。列表以外的縣、郡、町、村，可能只是我目前尚未耳聞，如果有機會繼續發掘，也許還能找到更多類似的傳說。倘若有列出你的村子，不妨先從那裡讀起吧！

**東京府**[1]

- 東京市淺草區淺草公園→箸銀杏
- 東京市下谷區谷中清水町→清水稻荷
- 荏原郡品川町南品川宿→繩綑地藏
- 豐多摩郡淀橋町柏木→鎧大明神
- 豐多摩郡高井戶村上高井戶→藥師魚
- 南葛飾郡龜戶町→頓宮神
- 八王子市子安→露齒佛

**京都府**

- 乙訓郡新神足村友岡→念佛池
- 南桑田郡稗田野村柿花→獨眼觀音

**大阪府**

- 泉北郡八田莊村家原寺→放生池

**譯註1** 一八六二—一九四三年間的舊制行政單位，東京都的前身。

## 神奈川縣

橘樹郡向丘村上作延→鼻取地藏
足柄上郡南足柄村弘西寺→化妝地藏
足柄下郡大窪村風祭→機織之井

## 兵庫縣

川邊郡稻野村昆陽→行波明神
有馬郡有馬町→後妻湯
加古郡加古川町→上人魚
加古郡野口村阪元→寸倍石
赤穗郡船阪村高山→潑水地藏
多紀郡城北村黑岡→時平屋敷

## 長崎縣

北松浦郡田平村→釜潭

## 新潟縣

長岡市神田町→三盃池
北蒲原郡分田村分田→都婆松
三島郡大津村蓮華寺→阿嬸井
北魚沼郡堀之內町堀之內→古奈和澤池
南魚沼郡中之島村大木六→卷機權現
刈羽郡中通村曾地→阿萬井
中頸城郡櫛池村青柳→獨眼夫婿
西頸城郡名立町青木阪→奶媽神與稻草籃
西頸城郡根知村→諏訪的薙鎌

## 埼玉縣

川城市喜多町→嚏婆婆石塔
北足立郡白子町下新倉→子安池
北足立郡大砂土村土呂→神明的大杉樹
入間郡所澤町上新井→三井
入間郡小手指村北野→椿峰
入間郡山口村御國→椿峰
比企郡大河村飯田→石船權現
秩父郡小鹿野町→信濃石
秩父郡吾野村大字南→飯森杉
南埼玉郡萩島村野島→獨眼地藏

## 群馬縣

- 高崎市赤坂町→婆婆石
- 北甘樂郡富岡町曾木→獨眼鰻魚
- 利根郡東村老神→神之戰
- 利根郡川場村川場湯原→大師溫泉
- 佐波郡殖蓮村上植木→阿滿池

## 千葉縣

- 千葉郡二宮村上飯山滿→包袱石
- 市原郡平三村平藏→兩本杉
- 印旛郡臼井町臼井→阿辰大人的祠堂
- 印旛郡酒酒井町→感情不好的神明
- 印旛郡富里村新橋→葦作
- 印旛郡根鄉村太田→石頭神
- 長生郡高根本鄉村宮成→新筷節
- 山武郡大和村山口→雄蛇池
- 君津郡清川村→疊池
- 君津郡小櫃村俵田字姥神台→姥姥神
- 君津郡八重原村→念佛池
- 君津郡關村大字關→關的姥姥石
- 夷隅郡千町村小高→不種白蘿蔔
- 夷隅郡布施村→兩本杉
- 安房郡西岬村洲崎→獨株芒
- 安房郡豐房村神余→大師的鹽井
- 安房郡白濱村青木→芋頭井

## 茨城縣

- 那珂郡柳河村青柳→泉之杜
- 久慈郡阪本村石名阪→雷神石
- 久慈郡金砂村→討厭橫山
- 鹿島郡巴村大和田→主石大明神
- 筑波郡筑波町→筑波山的由來

## 栃木縣

- 河內郡上三川町→獨眼公主
- 芳賀郡山前村南高岡→獨眼皇子
- 那須郡黑羽町北瀧→綾織池
- 那須郡那須村湯本→教傳地獄
- 安蘇郡犬伏町黑→天神之敵
- 安蘇郡旗川村小中→人丸大明神
- 足利郡三和村板倉→大師的加持水

## 奈良縣

- 山邊郡二階堂村→潑泥地藏
- 高市郡舟倉村丹生谷→乞雨與地藏
- 吉野郡口見村杉谷→供奉入鹿之山

## 三重縣

宇治山田市船江町→白太夫的袖口石
飯南郡宮前村→神奇的山口
飯南郡射和村→成長石
多氣郡佐奈村仁田→兩口井
多氣郡丹生村→子安井
南牟婁郡五鄉村大井谷→袖口石

## 愛知縣

丹羽郡池野村→尾張小富士
知多郡東浦村生路→弓箭清泉
南設樂郡長篠村橫川→獨眼氏子
八名郡石卷村→比身高的山

## 靜岡縣

清水市入江町元追分→姥姥沒路用
賀茂郡下田町→下田富士
賀茂郡岩科村雲見→富士的姊姊神
田方郡熱海町→平左衛門湯
田方郡函南村仁田→無手佛
駿東郡須山村→比身高的山
富士郡元吉原村→化身地藏
安倍郡長田村宇都谷→鼻取地藏（麵線地藏）
安倍郡賤機村→鯨之池
小笠郡中濱村國安→兒童與地藏
周智郡犬居村領家→機織井
磐田郡見付町→婆婆與草鞋
磐石郡上阿多古村石神→富士石

## 山梨縣

東山梨郡松里村小屋舖組→御箸杉
東山梨郡等等力村→親鸞上人之筷
西山梨郡相川村→獨眼泥鰍
西山梨郡國里村國玉→國玉大橋
東八代郡富士見村河內組→七釜御手洗
中巨摩郡百田村上八田組→咳嗽婆婆石

## 滋賀縣

蒲生郡櫻川村川合→不種苧麻
栗太郡笠縫村川原→不種苧麻
愛知郡東押立村南花澤→花之樹
犬上郡脇畑村大字杉→御箸杉
阪田郡大原村池下→比夜叉池
東淺井郡竹生村→竹生島的由來
伊香郡伊香具村大音→灑粉地藏
伊香郡山岡村今市→大師水

## 岐阜縣

揖斐郡谷汲村→念佛橋
山縣郡上伊自良村→念佛池
武儀郡乾村柿野→黃金雞
加茂郡太田町→刺傷眼睛的神明
益田郡萩原町→蛇與梅樹枝
益田郡上原村門和佐→龍宮潭
益田郡中原村瀨戶→倍岩
益田郡朝日村黍生谷→橋場的牛

## 長野縣

長野市→善光寺與諏訪
北佐久郡三井村→鎌倉石
小縣郡殿城村赤阪→瀧明神的魚
下伊那郡上鄉村→怨念池
下伊那郡龍丘村→花之御所
下伊那郡龍江村今田→龍宮巖的活石
下伊那郡智里村小野川→富士石
東筑摩郡島內村→感情不好的神明
西筑摩郡日義村宮殿→野婦池
西筑摩郡大桑村須原→射壞人活動
南安曇郡安曇村→不擺門松
北安曇郡中土村→不種山藥
上水內郡鬼無里村岩下→梭石、滕石

## 宮城縣

玉造郡岩出山町→驚嚇湧泉
登米郡寶江村新井田→翻土地藏
牡鹿郡鮎川村→金華山之土

## 福島縣

福島市腰濱→鼻取庵
信夫郡余目村南矢野目→獨眼清泉
信夫郡土湯村→獨眼太子
伊達郡飯阪町大清水→小手姫神社
安達郡鹽澤村→機織御前
安積郡多田野村→獨眼氏子
南會澤郡館岩村森戶→立岩
耶麻郡大鹽村→大師的鹽井
石城郡草野村絹谷→絹谷富士
石城郡大浦村大森→獨眼地藏
石城郡大浦村長友→鼻取地藏

## 岩手縣

岩手縣瀧澤村→遠送山
和賀郡小山田村→幡谷的神明石
和賀郡横川目村→笠松的由來
下閉伊郡小國村→原台潭

## 青森縣

東津輕郡東嶽村→山之爭
南津輕郡猿賀村→獨眼魚
下北郡脇野澤村九艘泊→石神岩

## 山形縣

東村山郡山寺村→景政堂
西村山郡川土居村吉川→大師井
北村山郡宮澤村中島→熊野的姥姥石
飽海郡東平田村北澤→矢流川的魚
飽海郡飛島村→鳥海山的首級
東田川郡狩川村→毛呂美地藏
西田川郡大泉村下清水→三途河姥姥

## 秋田縣

南秋田郡北浦町→獨眼的神主
南秋田郡北浦町野村→臥地藏
雄勝郡小安→不動瀑布之女
北秋田郡阿仁合町湯之台→水底的織布機
仙北郡金澤町→獨眼魚
仙北郡金澤町荒町→三途河姥姥
仙北郡花館村→雨戀地藏
仙北郡大川西根村→成長石

## 福井縣

大野郡大野町→比身高的山
三方郡山東村阪尻→機織池
大飯郡青鄉村關屋→無水河

## 石川縣

能美郡白峰村→白山與富士
能美郡白峰村→兩本杉
能美郡大杉谷村赤瀨→安女潭
河北郡高松村橫山→獨眼魚
羽咋郡志加浦村上野→大師水
鹿島郡能登部村→織布機與日本稗粟粥
鹿島郡鳥尾村羽阪→無水村的由來
珠州郡上戶村寺社→能登的一本木

## 富山縣

上新川郡→立山與白山
上新川郡船崎村舟倉→山之爭

## 鳥取縣

岩美郡元鹽見村栗谷→曬布岩
岩美郡→時平公之墓
西伯郡大山村→比身高的韓山
日野郡印賀村→不種竹子
日野郡霞村→大師講與地藏

## 島根縣

飯石郡飯石村→成長之石
鹿足郡朝倉村注連川→牛王石
隱岐周吉郡東鄉村→釣起之石

## 岡山縣

邑久郡裳掛村福谷→掛裳岩
勝田郡吉野村美野→白壁池
久米郡大倭村大字南方中→兩棵柳樹

## 廣島縣

豐田郡高阪村中野→出雲石
世羅郡神田村藏宗→魚池
蘆品郡宜山村下山守→嚴島的袖口石
雙山郡作木村岡三淵→曬布岩
比婆郡小奴可村鹽原→石神社
比婆郡比和村古頃→赤子石

**和歌山縣**

那賀郡岩出町備前→疱瘡神社
伊都郡高野村杖藪→拐杖竹林
西牟婁郡中芳養村→乞雨地藏

**德島縣**

那賀郡富岡町福村→蛇枕
那賀郡伊島→蛭子神之石
海部郡川西村芝→不動神杉
海部郡川上村平井→轟隆瀑布
名西郡下分上山村→柳水
板野郡北灘村粟田→眼睛刺傷的神明
美馬郡岩倉村岩倉山→山之戰

**愛媛縣**

溫泉郡道後湯之町→沾粉地藏
溫泉郡久米村高井→拐杖潭
新居郡飯岡村→真名橋杉

**高知縣**

土佐郡十六村行川→織綾公主
香美郡山北村→吉田的神石
香美郡上韮生村柳瀨→種麥的山姥
高岡郡黑岩村→寶御伊勢神
幡多郡津大村→阿志的袖口石

**福岡縣**

糸島郡深江村→鎮懷石
三潴郡鳥飼村大石→大石神社
山門郡山川村→七靈社的女神

**大分縣**

東國東郡姬島村→拍子水
速見郡南端村天間→由布嶽
玖珠郡飯田村田野→念佛水

## 佐賀縣

- 西松浦郡大川村→十三塚的栗林

## 熊本縣

- 飽託郡島崎村→石神之石
- 玉名郡滑石村→滑石的由來
- 鹿本郡三玉村→山的脖子拔河
- 阿蘇郡白水村→貓岳
- 上益城郡飯野村→飯田山

## 宮崎縣

- 西諸縣郡飯野村原田→觀音石的首級
- 兒湯郡下穗北村妻→都萬神池
- 兒湯郡都農村→山與膿包

## 鹿兒島縣

- 揖宿郡山川村成川→若宮八幡之石
- 揖宿郡指宿村→池田的火山湖
- 薩摩郡永利村山田→石神氏之神
- 熊毛郡中種子村油久→熊野石

小感日常12

# 和日本文豪一起找妖怪【上冊】

## ——山神、天狗、鬼婆婆還有獨眼地藏……日本妖怪的神祕傳說


作　　者　柳田國男
譯　　者　侯詠馨
策　　劃　好室書品
特約編輯　陳靜惠、盧琳
校對協力　簡語謙、吳雅芳
封面設計　白日設計
內頁排版　洪志杰

發 行 人　程顯灝
總 編 輯　呂增娣
主　　編　徐詩淵
編　　輯　吳雅芳、黃勻薔
　　　　　簡語謙
美術主編　劉錦堂
美術編輯　吳靖玟、劉庭安
行銷總監　呂增慧
資深行銷　吳孟蓉
行銷企劃　羅詠馨
發 行 部　侯莉莉
財 務 部　許麗娟、陳美齡
印　　務　許丁財

出 版 者　四塊玉文創有限公司
總 代 理　三友圖書有限公司
地　　址　一〇六台北市安和路二段二一三號四樓
電　　話　(02) 2377-4155
傳　　真　(02) 2377-4355
電子郵件　service@sanyau.com.tw
郵政劃撥　05844889三友圖書有限公司

總 經 銷　大和書報圖書股份有限公司
地　　址　新北市新莊區五工五路二號
電　　話　(02) 8990-2588
傳　　真　(02) 2299-7900

製版印刷　卡樂彩色製版印刷有限公司
初　　版　二〇二〇年三月
定　　價　新台幣二八〇元
ＩＳＢＮ　978-986-5510-07-7（平裝）





國家圖書館出版品預行編目 (CIP) 資料

和日本文豪一起找妖怪（上冊）：山神、天狗、鬼婆婆還有獨眼地藏……日本妖怪的神祕傳說 / 柳田國男著；侯詠馨譯 .-- 初版 .-- 台北市：四塊玉文創，2020.03
面；　公分 .--（小感日常；12）
ISBN 978-986-5510-07-7(平裝)

861.58　　　　109001752

親愛的讀者：

感謝您購買《和日本文豪一起找妖怪【上冊】：山神、天狗、鬼婆婆還有獨眼地藏……日本妖怪的神祕傳說》一書，為感謝您對本書的支持與愛護，只要填妥本回函，並寄回本社，即可成為三友圖書會員，將定期提供新書資訊及各種優惠給您。

姓名＿＿＿＿＿＿＿＿＿＿ 出生年月日＿＿＿＿＿＿＿＿＿＿

電話＿＿＿＿＿＿＿＿＿＿ E-mail＿＿＿＿＿＿＿＿＿＿

通訊地址＿＿＿＿＿＿＿＿＿＿

臉書帳號＿＿＿＿＿＿＿＿＿＿

部落格名稱＿＿＿＿＿＿＿＿＿＿

**1** 年齡
□ 18 歲以下 □ 19 歲～ 25 歲 □ 26 歲～ 35 歲 □ 36 歲～ 45 歲 □ 46 歲～ 55 歲
□ 56 歲～ 65 歲 □ 66 歲～ 75 歲 □ 76 歲～ 85 歲 □ 86 歲以上

**2** 職業
□軍公教 □工 □商 □自由業 □服務業 □農林漁牧業 □家管 □學生
□其他＿＿＿＿＿＿＿＿＿＿

**3** 您從何處購得本書？
□博客來 □金石堂網書 □讀冊 □誠品網書 □其他＿＿＿＿＿＿＿＿
□實體書店＿＿＿＿＿＿＿＿

**4** 您從何處得知本書？
□博客來 □金石堂網書 □讀冊 □誠品網書 □其他＿＿＿＿＿＿＿＿
□實體書店＿＿＿＿＿＿＿＿
□ FB（**四塊玉文創 / 橘子文化 / 食為天文創 三友圖書**－微胖男女編輯社）
□好好刊（雙月刊） □朋友推薦 □廣播媒體

**5** 您購買本書的因素有哪些？（可複選）
□作者 □內容 □圖片 □版面編排 □其他＿＿＿＿＿＿＿＿

**6** 您覺得本書的封面設計如何？
□非常滿意 □滿意 □普通 □很差 □其他＿＿＿＿＿＿＿＿

**7** 非常感謝您購買此書，您還對哪些主題有興趣？（可複選）
□中西食譜 □點心烘焙 □飲品類 □旅遊 □養生保健 □瘦身美妝 □手作 □寵物
□商業理財 □心靈療癒 □小說 □其他＿＿＿＿＿＿＿＿

**8** 您每個月的購書預算為多少金額？
□ 1,000 元以下 □ 1,001 ～ 2,000 元 □ 2,001 ～ 3,000 元 □ 3,001 ～ 4,000 元
□ 4,001 ～ 5,000 元 □ 5,001 元以上

**9** 若出版的書籍搭配贈品活動，您比較喜歡哪一類型的贈品？（可選 2 種）
□食品調味類 □鍋具類 □家電用品類 □書籍類 □生活用品類 □ DIY 手作類
□交通票券類 □展演活動票券類＿＿＿＿＿＿＿＿

**10** 您認為本書尚需改進之處？以及對我們的意見？
＿＿＿＿＿＿＿＿＿＿

**感謝您的填寫，**
**您寶貴的建議是我們進步的動力！**

【黏貼處】對折後寄回，謝謝。